당신을 찾아서

창비시선 438

# 당신을 찾아서

초판 1쇄 발행 / 2020년 1월 10일

지은이 / 정호승
펴낸이 / 강일우
책임편집 / 최현우 박문수
조판 / 한향림
펴낸곳 / (주)창비
등록 / 1986년 8월 5일 제85호
주소 / 10881 경기도 파주시 회동길 184
전화 / 031-955-3333
팩시밀리 / 영업 031-955-3399 편집 031-955-3400
홈페이지 / www.changbi.com
전자우편 / lit@changbi.com

ⓒ 정호승 2020
ISBN 978-89-364-2438-1 03810

# 당신을 찾아서

정호승 시집

창비

차
례

## 제1부

## 제4부

## 제5부

제 1 부

# 새똥

새똥이 내 눈에 들어갔다
평생 처음
내 눈을 새똥으로 맑게 씻었다
이제야 보고 싶었으나
보지 않아도 되는
인간의 풍경을 보지 않게 되었다
고맙다

# 낙인(烙印)


나는 낙인찍혔다
인간이 아니라 짐승이라고
짐승보다 못한 인간이라고
아니다
나는 나를 낙인찍었다
인간이 아니라 새라고
푸른 겨울 하늘을 날아
붓다를 찾아가는
작은 새라고

# 새똥

길을 가다가
길바닥에 새똥이 떨어져 있는 것을 보면
그래도 마음이 놓인다
인간의 길에도
새들이 똥을 누는 아름다운 길이 있어
그 길을 걸어감으로써
나는 오늘도 인간으로서 아름답다

# 새똥

새에게 내 밥을 주고
내가 새의 모이를 쪼아 먹는다
길 없는 길을 걸으며
아무리 배가 고파도
새에게 내 밥을 다 주고
내가 새의 모이를 평생 쪼아 먹는다
새가 내 밥을 맛있게 먹고
멀리 하늘을 날면서 똥을 눈다
새똥이 땅에 떨어진다
새는 하늘에다 똥을 누는 것이 아니라
결국 땅에다 똥을 누는 것이다
새똥이 있어야
인간의 길이 아름답다고
그 길을 걸어가야
내가 아름답다고

# 해우소

나는 당신의 해우소
비가 오는 날이든
눈이 오는 날이든
눈물이 나고
낙엽이 지는 날이든
언제든지
내 가슴에 똥을 누고
편히 가시라

# 눈길

웃으면서
눈길을 걷는다
나를 버리고
그냥 웃으면서
죽은 어머니를 버리고
떠나간 아내마저 버리고
바보도 아니면서
필요한 바보처럼
허허 웃으면서
길을 버리고
넘어진다

# 개똥

개똥이 길바닥에
가부좌를 튼 채
고요히 앉아 있다
바람도 고요하다
나도 개똥 옆에
가부좌를 틀고 앉아
먼 산을 바라본다
산이 내게 오지 않으면
내가 산으로 가면 된다
일개미 한마리가
커다란 나뭇잎을 물고
부지런히
개똥 옆을 지나간다

# 빗자루

겨울 산사
마당에 쌓인
눈을 다 쓸고 나서
해우소 가는 길 옆
소나무에 기대어
부처님처럼 고요하다
오목눈이 동고비 직박구리
멀리 눈밭을 날아와
뭘 먹을 게 있다고
몽당빗자루를 쪼아대다가
빗자루 옆에 앉아
눈을 감고
고요하다

# 삽

감나무에 기대어
삽이 쉬고 있다
평생의 할 일을 다하고
삽은 이제 고요하다

새벽같이 일어나
논두렁에 물꼬를 틀 때
마당 한가운데 똬리를 튼
개똥을 지울 때

아버지가 늘 들고 나가시던
그 삽이
아버지 돌아가시고 나자
말없이 편히 쉬고 있다

아무도 기다리지 않는지
아버지가 보고 싶지도 않은지
비바람에 간혹 녹이 슬면서
햇살과 웃고 있다

# 출가

폭설이 내린 겨울 들판
불국사 석가탑 같은 송전탑에
작은 새 한마리
어디선가 고요히 날아와 앉자
송전탑이 새가 되어 적막한 날개를 펼친다
바람이 불고
다시 폭설이 내리고
송전탑에 앉은 새가 말없이 폭설을 뚫고 날아가자
송전탑도 그만 새가 되어 날아간다
그대 멀리
어느 눈 내리는 산사로 출가하는가

# 점안(點眼)


진리의 붓으로
자비의 먹물을 찍어
내 어두운 욕망의 눈동자에
점안해주세요
점안의 불빛을 비추어주세요
떠나기 전에 단 한번이라도
당신을 우러러보고 싶었으나
아직 눈을 못 떴습니다
심안(心眼)은커녕
평생 눈을 못 뜨고 살았습니다
죽기 전에 마지막으로
점안해주세요
점안의 등불을 환히 밝혀 들고
단 한번이라도 당신을 뵙고
실컷 울고 나서
영원히 지옥으로 가겠습니다

# 지옥은 천국이다

지옥은 천국이다
지옥에도 꽃밭이 있고
깊은 산에 비도 내리고
새들이 날고
지옥에도 사랑이 있다

나 이 세상 사는 동안
아무도 나를 데려가지 않아도
반드시 지옥을 찾아갈 것이다

지옥에서 쫓겨나도
다시 찾아갈 것이다
당신을 만나
사랑할 것이다

# 눈사람

불두처럼 눈사람의 머리가 툭 굴러떨어졌다
누가 그랬는지 아무도 본 사람은 없다
아파트 경비원은 밤새도록 눈사람을 지켰다고 주장했으나
누가 눈사람의 목을 자른 것이다
사람을 미워하는 사람이 눈사람을 대신 죽인 것이다
나를 대신해서 눈사람이 죽은 것이다
저녁에 퇴근해서 돌아올 때까지
눈사람은 목이 잘린 채 그대로 가만히 서 있었다
니는 잘린 내 머리가 나뒹구는 것 같아
얼른 다시 눈사람을 만들려고 눈덩이를 굴렸다
그때 눈사람이 잘린 머리를 두 손에 주워 들고
천천히 눈 그친 눈길을 걸어가기 시작했다

# 심장

쓰레기를 버릴 때마다
쓰레기봉투 속에 내 심장이 들어 있다
아직 죽지 않고 살아서
펄떡펄떡 뛰면서
푸른 종량제 쓰레기봉투 속에 담겨
내 심장이 울고 있다
울지 말라고
자꾸 울면 혼을 내준다고
아버지처럼 주먹을 쥐고 눈을 부라려도
내 심장이 아이처럼 웅크리며 운다
어떤 때는 우는 아이 달래듯
쓰레기봉투에서 내 심장을 꺼내
집으로 돌아와 깨끗이 씻어
십자고상 옆에 두기도 하지만
며칠 뒤
쓰레기를 버리러 집을 나가면
쓰레기봉투 속에 내 심장이 또 들어 있다
이제는 쓰레기가 된 내 심장
내 사랑의 심장

# 당신을 찾아서

잘린 내 머리를 두 손에 받쳐 들고
먼 산을 바라보며 걸어간다
만나고 싶었으나 평생 만날 수 없었던
당신을 향해
잘린 머리를 들고 다닌 성인들처럼
걸어가다가 쓰러진다
따스하다
그래도 봄은 왔구나
먼 산에 꽃은 또 피는데
도대체 당신은 어디에 있는가
진달래를 물고 나는 새들에게 있는가
어떤 성인은 들고 가던 자기 머리를
강물에 깨끗이 씻기도 했지만
나는 강가에 다다르지도 못하고
영원히 쓰러져 잠이 든다
평생 당신을 찾아다녔으나 찾지 못하고
나뒹구는 내 머리를
땅바닥에 그대로 두고

# 겨울 연밭

여기가 호스피스 병동이구나
당신을 떠나보낸 장례식장이구나
그해 겨울 청명한 하늘 아래
당신의 청춘과 함께 갔던 폐사지이구나
당신을 모셔둔 진리의 납골당
연꽃들의 아름다운 무덤이구나
얼어붙은 물 위에 허리를 꺾고
아직 타다 남은 연꽃의 가는 뼈들
저마다 기기묘묘한 상형문자로
연꽃대들이 쓴 저 유언의 붓글씨들
해독하면 화엄경의 말씀이구나
물거품처럼 당신을 떠나보낸 뒤
나는 이리저리 진눈깨비로 흩날리는데
얼어붙은 겨울 연밭 얼음장 밑에서는
오늘도 물고기들이 백팔배를 하며
인생을 잃고 쓰러진 나를 용서하는구나

# 진흙 의자

누군가가
비가 오는데
진흙으로 만든 의자 하나 가져와
나더러 앉으라고 한다
소나기가 퍼붓는데

앉고 싶지 않아도
앉아야 하는 의자
언젠가 단 한번은
앉지 않으면 안 되는
진흙 의자

소나기는 그치지 않고
폭우가 되어
진흙은 다시 진흙이 되고
의자는 사라졌다

진흙 의자에
사형수처럼

어머니를 생각하며 앉아 있던 나도
의자와 함께 사라졌다

# 새들이 마시는 물을 마신다

아파트 일층 베란다
아내가 만든 헌식대 플라스틱 물통에
새들이 몇날 며칠 날아와 물을 마셔도
물이 늘 남아 있다
물속에 가끔 새똥도 들어 있어
처음에는 그 물을 자꾸 버렸으나
이제는 내가 마신다
새들이 나를 위해 남겨놓았으므로
도도히 흘러가는 강물만 마시려고 들다가
강가의 조약돌에 고인 물마저 마시지 못하고
목마를 때 오히려 사막을 마시다가
기어이 절벽을 기어올라 소금물을 마시고
평생 목이 말라
눈물마저 말라
이제는 마셔도 마셔도 목마른 인생의
나를 위해 남겨놓았으므로
이제 와 내가 죽을 때에
새들이 마시는 물을 마신다

# 붉은 새

새들이 날아와
헌식대에 놓아둔 내 심장을 쪼아 먹는다
돌아가시기 전에 어머님께 돌려드리려고 했던
내 젊은 날의 심장에는 맹독이 들어 있다고
쪼아 먹지 않더니
내 늙은 날의 심장에는 해독의 독이 들어 있다고
새들이 날아와 쪼아 먹는다
높은 가지 위에 오직 하나 고고히 매달려 있는
홍시를 쪼아 먹듯
새들이 내 심장을 쪼아 물고 겨울 하늘을 날아간다
어머님께 돌려드려야 할 내 심장을
끝내 돌려드리지 못하고
나도 붉은 새가 되어 사라진다

# 그림자를 생각하는 밤

사람의 그림자는 단 한번도
새의 그림자가 되어본 적이 없습니다
사람의 그림자는 단 한번도
나무의 그림자가 되어본 적이 없습니다
눈사람의 그림자도 되어본 적이 없습니다
그러나 새의 그림자는 사람의 그림자가 되어
푸른 하늘을 멀리 날아갈 때가 있습니다
나무의 그림자도 사람의 그림자가 되어
어머니를 잃은 당신을
등 뒤에서 고요히 껴안아줄 때가 있습니다
눈사람의 그림자도 사람의 그림자가 되어
어머니의 그림자와 손을 잡고
집으로 가는 먼 골목길을
당신과 천천히 걸어갈 때가 있습니다

# 굴뚝이 보고 싶다

보고 싶은 마음 굴뚝같은데
그 많던 굴뚝들 다 어디로 갔나
배고픈 동네 사람들이 저녁이 되면
서로 밥이 되어주기 위해 저녁놀 사이로
밥 짓는 연기로 슬슬 피어오르던
그 많던 굴뚝들 다 어디 가서 만나나
찬 겨울바람에 얼어붙은 식구들이
누에처럼 몸을 눕힐 방구들이 뜨뜻해질 때까지
솔가지를 꺾어 어머니가 군불을 때면
매캐한 흰 연기 사이로 오뚝하니
처마인 양 꼬리를 한껏 치켜들고
굴뚝새 한마리 앉아 있던 굴뚝이 보고 싶다
연탄재 버려진 종로 뒷골목을 걸어가다가
오늘은 따스한 굴뚝에 기대어
북쪽으로 날아가는 기러기가 보고 싶다

# 자기소개서

내 귀는 입입니다
내 입은 귀입니다
아침에 일어나 내 얼굴을 보면
입이 귀에 붙어 있습니다
귀가 입에 붙어 있습니다

그래서 나는 이제 귀로 말합니다
입으로 듣습니다
웃을 때에도 귀로 웃습니다
내 귀의 미소에
소나무에 앉은 산새들이
나를 따라 웃을 때가 있습니다

어디를 가든
누구를 만나든
귀로 말하고 입으로 들으니까
내가 자꾸 새소리로 말하고
다른 사람의 말도 모두
새소리로 들립니다

# 또다른 후회

당신을 사랑하게 되었을 때
가장 먼저 나무에게 달려가
사랑한다고 말하고 싶었으나

그 나무에 앉은
가장 작은 새에게 먼저 달려가
사랑한다고 속삭이고 싶었으나

지금까지 그 누구에게도
사랑한다는 말 한마디 하지 못하고
나는 늙었다
늙은 어린이가 되었다

# 새들이 첫눈 위에 발자국으로 쓴 시

다시는 돌아오지 않으리라
인간이 사는 마을로 날개를 펼치고 돌아와
인간의 더러운 풍경이 되지 않으리라
산수유 열매가 첫눈 사이로
살며시 붉은 가슴을 드러내고 나를 기다려도
다시는 인간의 가슴속으로 멀리 날아가
기다리지도 울지도 않으리라
이제 다시 돌아갈 곳도
돌아살 시산노 없는
산 자도 없고 죽은 자도 없는 곳으로 날아가
말하리라
인간은 입을 다물고 침묵하라

# 창가에서

새 한마리가
이 나뭇가지에서 저 나뭇가지로
포르르 날아가는 그 짧은 시간이
바로 인생이라는 시간이라고
사람의 입이
새의 입으로 말하지 마시게

새의 입은
부처님과 함께 노래를 부르고
아침 공양을 할 수 있지만
사람의 입은
부처님과 함께 기도도 올리지 못하고
차 한잔도 나눌 수 없다네

제 2 부

# 불멸

불멸도 사라진다
어찌 사라지지 않는 게 있겠느냐
불멸의 눈물도 사라진다
누가 사라지지 않고 살아남겠느냐
어머니도 당신도
저 직박구리도 산수유 붉은 열매도
먼 북극성 푸른 별빛마저도
사라지지 않느냐
사라지지 않는 것은 없나
나는 태어나지도 않았는데 사라진다

# 모란을 위하여

아직 태어나지 않았는데 피어났구나
아직 피어나지 않았는데 아름답구나
아직 아름답지 않은데 향기롭구나
아직 향기롭지 않은데 먼 데서
나비떼가 날아와 꽃이 지는구나
아직 봄이 지나지 않았는데 온 천지에
기쁨의 슬픔이 찬란하구나

# 눈사람의 무덤


오늘 눈사람이 죽었다
아버지가 돌아가신 것 같다

눈길을 걸어 먼 데서 누가
유골함을 가져왔다

정성껏 눈사람의 유해를 유골함에 담았다
물의 뼈다
따로 무덤을 마련하지는 않았다

눈사람은 무덤이 필요 없다
햇살에 눈부시게
열반에 이른 자리가 바로 무덤이다

# 묵념

봄길을 찾아가다가
허리가 잘린 개미에게
숲길을 찾아가다가
온몸이 으깨어진 달팽이에게
빗길을 찾아가다가 결국
꿈틀꿈틀 땡볕에 말라 죽어가는 지렁이에게
끝내 하늘의 길을 찾지 못하고
날개마저 찢이져
길바닥에 떨어져 죽은 매미 주검에게
인간의 모든 발걸음을 멈추고 묵념하다
먼 지평선 너머
십자가에 매달린 한 청년의 미소가
저녁놀이 될 때까지

## 무릎을 꿇는다

꽃이 필 때 무릎을 꿇는다
소나기가 내릴 때 무릎을 꿇는다
어디론가 가랑잎이 굴러갈 때 무릎을 꿇는다
첫눈이 내릴 때 무릎을 꿇는다
첫눈으로 만든 눈사람 앞에 무릎을 꿇는다
어둠 속에서 별들이 나를 내려다볼 때
무릎을 꿇는다
당신이 내게 무릎을 꿇으라고 할 때
무릎을 꿇지 않는다

# 달팽이

봄비가 내린다
리어카에 종이 박스를 가득 싣고
굽은 허리를 더 굽히고
낡은 도시 변두리
재개발 지역 골목의 언덕길을
할머니 한분
느릿느릿 달팽이처럼 기어오른다
낡은 리어카를 끌고
봄비가 그칠 때까지
이웃들이 이사 간 텅 빈 집
처마 밑에 납작하게 홀로 앉아
비 젖은 종이 박스를 찢어
맛있게 잡수신다

# 새를 키우는 것은

새를 키우는 것은 폭설이다
겨울나무 가지를 스치는 매서운 바람이다
바람을 견뎌내는 인내다
끝끝내 높은 가지 끝에
마지막 하나 남아 있는 홍시의 붉은 미소다
지난밤 꿈속에 나타나신 어머니의 눈물이다
모든 하늘을 다 날지 않고
모든 나뭇가지에 다 앉지 않고
모든 빌레를 다 잡아먹지 않는 절세나
서늘한 겨울 달빛의 고요다
폭설을 견디고 고요히 심장을 드러낸
산수유 붉은 열매에 대한 감사다

# 걸림돌

내 언제 인간을 넘어뜨렸느냐
내 언제 인간을 쓰러뜨렸느냐
나는 그냥 돌일 뿐
땅속에 깊게 뿌리를 내리고
하늘을 바라보며
뿌리에 꽃을 피우는 돌의 열매일 뿐
내 언제 인간의 사랑을 방해했느냐
내 언제 인간의 욕망을 가로막았느냐
바람도 내게 걸리지 않고
낙엽도 스쳐 지나가고
함박눈도 고요히 내려앉거늘
나는 인간을 쓰러뜨리지 않는다
인간이 스스로 걸려 넘어지고
쓰러졌을 뿐

# 먼지의 꿈

먼지는 흙이 되는 것이 꿈이다
봄의 흙이 되어 보리밭이 되거나
구근이 잠든 화분의 흙이 되어
한송이 수선화를 피워 올리는 것이 꿈이다
먼지는 비록 끝없이 지하철을 떠돈다 할지라도
내려앉아
더 낮은 데까지 내려앉아
지하철을 탄 사람들의 밥이 되는 것이 꿈이다
공복의 출근길에 승객들 틈에 끼어
먼지가 밥이 되는 세상을 만드는 것이 꿈이다

# 부석사 가는 길

부석사 가는 길로 펼쳐진 사과밭에
아직 덜 익은 사과 한알 툭 떨어지면
나는 또 하나의 사랑을 잃고 울었다
부석여관 이모집 골방에서
젊은 수배자의 이름으로 보내던 그해 여름
왜 어린 사과가 땅에 떨어져야 하는지
왜 어린 사과를 벌레가 먹어야 하는지
벌레도 살아야 한다고
벌레도 살아야 벌레가 된다고
어린 사과의 마음을 애써 달래며
이모님과 사과나무 가지를 받쳐주고 잠들던 여름밤
벌레가 파먹은 자리는
간밤에 배고픈 별들이 한입 베어 먹고 간 자리라고
살아갈수록 상처는 별빛처럼 빛나는 것이라고
내 야윈 어깨를 껴안아주시던 이모님
그 뜨거운 수배자의 여름 사과밭에
아직 덜 익은 푸른 사과 한알 또 떨어지면
나는 부검실 정문 앞에 쭈그리고 앉아 울던
너의 사랑을 잃고 또 울었다

# 빈 그릇이 되기 위하여

빈 그릇이 빈 그릇으로만 있으면 빈 그릇이 아니다
채우고 비웠다가 다시 채우고 비워야 빈 그릇이다
빈 그릇이 늘 빈 그릇으로만 있는 것은
겸손도 아름다움도 거룩함도 아니다
빈 그릇이 빈 그릇이 되기 위해서는 먼저 채울 줄 알아야
한다
바람이든 구름이든 밥이든 먼저 채워야 한다
채워진 것을 남이 다 먹을 때까지 기다렸다가 다시 비워져
푸른 하늘을 바라보아야 한다

채울 줄 모르면 빈 그릇이 아니다
채울 줄 모르는 빈 그릇은 비울 줄도 모른다
당신이 내게 늘 빈 그릇이 되라고 하시는 것은
먼저 내 빈 그릇을 채워 남을 배고프지 않게 하라는 것이다
채워야 비울 수 있고 비워야 다시 채울 수 있으므로
채운 것이 없으면 다시 빈 그릇이 될 수 없으므로
늘 빈 그릇으로만 있는 빈 그릇은 빈 그릇이 아니므로
나는 요즘 추운 골목 밖에 나가 내가 채워지기를 기다린다

# 연어

길이 아니면 가지 않으리라
가지 않으면 길이 아니리라
당신이 기다리는 강가의 갈대숲
젊은 나룻배 한척 외로이 떠 있는
그 길이 아니면 떠나지 않으리라
산란을 마치고 죽은 어머니를 위해
내 비록 꽃상여 하나 마련해드리지 못했으나
난류의 숲길을 따라
강한 바다의 바람 소리를 헤치고
내 어머니처럼 어머니가 되기 위하여
머나먼 대륙의 강으로 길 떠나리라
견딜 수 없으면 기다릴 수 없으므로
기다릴 수 없으면 사랑할 수 없으므로
내 비록 배고픈 물고기들에게
온몸의 심장이 다 뜯길지라도
당신이 기다리는 강기슭
붉은 달이 뜨면 사람들이 가끔 찾아와
한줌 재를 뿌리고 묵묵히 돌아가는
그곳에 다다라 눈물을 뿌리리라

# 백송(白松)을 바라보며

모든 기다림은 사라졌다
더이상 기다림에 길들여질 필요는 없다
잠 못 이루는 밤도 사라져야 한다
그 어딘가에 순결한 기다림이 있다고 생각한 것은
나의 잘못이다

모든 희망은 사라졌다
더이상 희망에 길들여질 필요는 없다
절망 띠위는 디디구나 필요 없다
그 어딘가에 성실한 희망이 있다고 생각한 것은
나의 잘못이다

이제 봄이 오기를 기다리지 않는다
봄은 언제나 기다리지 않을 때 왔다
겨울은 봄을 준비하기 위하여 있는 게 아니라
겨울을 살기 위하여 있다

지금이라도 절벽 위에 희디흰 뿌리를 내려라
무심히 흰 눈송이가 솔가지 끝에 켜켜이 쌓여도 좋다

허옇게 속살까지 드러난 분노의 상처를
결코 부끄러워하지 않아도 좋다

# 밟아도 아리랑

밟아도 웃으리라
비극이 거꾸로 뒤집힌 축복인 줄
나 영영 모르지만
꽃이 져도 웃으리라
그대 무덤가에 핀 꽃에 피가 나도 웃고
새들이 날아가다가 피 흘려도 웃으리라
눈 덮인 산천에 다시 폭설이 내려도
진달래 만발한 봄날에 다시 첫눈이 내려도
웃다가 울지는 않으리라
어두운 거리의 나무에서 피가 나도 웃고
밤하늘 구름에서 피가 나도 웃고
별에서 피눈물이 나도 웃으리라
내가 밟혀 겨울 보리밭이 될 때까지
보리밭에 파묻힌 노래가 될 때까지
밟아도 밟아도
나 홀로 아리랑을 부르리라

# 오늘의 결심

다시는 당신을 사랑하지 않으리
진정 그럴 수만 있다면
밤마다 당신을 증오하며 잠이 들지 않으리

다시는 깨어진 그릇에 물을 담지 않으리
그 물을 먹으려고 기어가지 않으리
아무리 목이 말라도
깨어진 그릇을 다시 깨뜨리리

다시는 산 채로 지옥에 떨어지지 않으리
지옥에 떨어져도 울지는 않으리
누가 지옥으로 손을 힘껏 내밀어도
놓아버린 그 손을 다시 놓아버리리

지옥의 절벽에 봄이 와도
다시는 기뻐하지도 두려워하지도 않으리
절벽에 핀 꽃잎마다 한아름 말려
절벽 끝에 홀로 앉아 차를 끓이리

# 마지막을 위하여

당신을 용서하는 것도 이번이 마지막이에요
삶의 수용소에서
당신을 사랑하는 것도 이번이 마지막이에요
용서할 때 용서받을 수 있다는
마더 테레사 수녀님의 말씀을 실천하는 것도
이번이 마지막이에요

우리가 만나 보리굴비에 돌솥밥을 먹는 것도
따사로운 창가에 앉아 함께 커피를 드는 것도
기차를 타고 멀리 속초까지 와서
설악을 바라보며 참회의 눈물을 흘리는 것도
신흥사 청동대불님께 절을 하며
당신이 한없이 작아지는 것도

오늘이 마지막이에요
당신은 언제나 오늘의 사랑을 내일로 미루었지만
내일의 사랑은 찾아오지 않아요
진실을 말해도 아무도 듣지 않으므로
당신이 두려워 말하지 않았던 진실을

말할 수 있는 기회는 바로 지금이에요

마지막으로 인생을 실패해도 괜찮아요
실패가 오히려 마음이 편해요
인생을 사랑으로 성공하기는 어려워요
삶의 수용소에서 당신이 나를 배반하고
내가 당신을 배반하는 것도
오늘이 마지막이에요

## 그 쓸쓸함에 대하여

당신은 사랑은 기억하지 못해도
분노는 기억하게 될 것이다
당신은 기도는 기억하지 못해도
증오는 기억하게 될 것이다

오늘도 바람이 불고 비가 내리고
비 갠 뒤에는 맑은 하늘이 더욱 쓸쓸하다
당신의 고백소는 어디에 있는지
나의 고백소는 당신 안에 있는데
간밤에 쥐가 내 심장을 다 갉아 먹어
나는 당신에게 가는 길을 가지 못한다

그동안 나는 길을 걸을 때마다
구두를 두켤레씩 신고 길을 걸었다
길을 가다가 밥을 먹을 때마다
하루에 열끼니를 먹고도 배가 고팠다
꽃이 필 때마다 꽃이 돈인 줄 알고
민들레를 뿌리째 뽑아 들었다

오늘도 당신의 고백소를 끝내 찾지 못하고
영원히 날이 저문다
이제는 이별의 순간에게 순종해야 할 시간
땅이 없어도 피는 꽃과
하늘이 없어도 빛나는 별을 바라보지 못하고
내가 쓸쓸히 사라져야 할 시간

## 가창오리떼에게

나도 하늘 나는 새가 되었구나
강 건너 멀리 노을 지는 겨울 하늘에 펼쳐진
가창오리떼의 저 찬란한 군무 속에서
드디어 나도 한마리 새가 되어 춤을 추는구나
사라지지 않는 인간의 분노를 지닌 채
비틀비틀 길도 없이 걸어가던 내게
눈부신 군무의 자세를 마음껏 펼치게 해주는구나
내 비록 슬픔의 군무를 춤춘다 할지라도
그동안 아무것도 놓아버린 게 없으므로
모였다가 흩어지고 흩어졌다가 다시 모이는
군무의 순간순간마다 모든 걸 놓아버리리라
새가 된 인간 중에서도 가장 아름다운 새가 되어
모든 인간을 아름답게 하리라
장엄한 군무를 멈추고 가창오리떼가
저 붉은 어둠의 하늘 속으로 한순간에 사라져도
나는 영광찬란한 새의 자세를 잃지 않고
인간의 땅에 툭 떨어지리라

# 불국사에서

불국사에 가서 불국은 보지 못하고
불국사우체국 부근만 서성거렸다
우체국 앞 신라장 여관 담 너머로
백목련이 지고 있었고
사람들은 우체국 창가에 앉아 편지를 쓰다가
부치지도 않고 휴대폰을 꺼내
어디론가 부지런히 전화를 걸고 있었다
나는 혹시 그들이 불국에 전화를 거는가 싶어
전화번호부를 일일이 뒤져 전화를 걸었으나
부처님은 어디에 계시는지 아무도 받지 않았다
불국사 저녁 종소리 속으로 날아가는
산새 소리가 들리고
다보탑 돌사자가 홀로 포효하는 소리도 들려왔으나
불국사에 가서 결국 불국은 보지 못하고
청운교 앞에서 관광 기념사진만 찍고 돌아가는
사람들의 그림자만 쓸쓸히 따라갔다

# 목어에게

이제 날아가라
그동안 산사에 매달려 인간에게
온갖 살점과 뼈마디를 그만큼 뜯겼으면
저 수묵화 같은 소백산 능선 너머로 날아가라
비어(飛魚)가 되어 멀리 인간을 떠나
늘 푸른 해인의 바다를 찾아가라
너의 본향은 바다
깊고 푸른 바다의 자작나무숲이다
그동안 너의 텅 빈 가슴속에
내 비록 쪼그리고 웅크리고는 있었으나
작은 새 한마리
평생 나와 함께 잠들게 해줘서 고맙다
행여 입에 여의주를 물고 있다면 버려라
차라리 인간의 썩은 가슴에다 던져버리고
날아가라 수평선 너머로
더이상 목마름에 타오르고 쓰러지지 않도록
너의 텅 빈 가슴속으로
영원의 검푸른 바다가 넘실대게 하라

# 경마장에서


사람들이 경주마가 되어 달린다
말들이 기수가 되어
사람들의 엉덩이를 채찍으로 후려친다
말들이 마권을 쥐고 관망대에서
경주마가 되어 달리는 사람들을 웃으면서 바라본다
사람들은 승률에 대한 믿음만이
삶의 최고의 방식이라고 소리친다
인간으로서 지금 당신은 더이상 달리지 말아야 한다
말은 달리더라도 사람이 경주는 하지 말아야 한다
그 어디에도 사막의 초원은 보이지 않고
바람에 쓰러진 풀들은 일어나지 못해도
당신은 사막의 강가를 고요히 걸어가야 한다
그동안 발도 없이 그 먼 길을 달려온 당신이
경주마가 되어 달리지 않기 위해서는
스스로 분노의 고삐를 잡고 질주의 경마장을 빠져나와
천천히 저 봄길을 걸어가야 한다
강가에 다다르지도 못하고 쓰러지지 않으려면
더이상 인생을 이기려들지 말아야 한다

# 시각장애인이 찍은 사진

시각장애인이 사진을 찍을 때는
파도는 찍지 않고 바다만 찍는다
능선은 찍지 않고 산만 찍는다
나뭇잎은 찍지 않고 나무만 찍는다
인간은 찍지 않고 사랑만 찍는다

시각장애인이 혼자 사진을 찍을 때는
그저 웃는다
시각장애인이 찍은 사진을 보면
온통 웃는 풍경뿐이다

골목도 웃고 지붕도 웃고
하늘을 나는 새도 웃고
골목의 개도 웃는다
보이지 않던 아기 부처님도
슬며시 골목에 나타나 미소 지으신다

시각장애인이 찍은 사진을 보면
비어 있는 하늘이 충만하다

흘러가버린 구름이 꽃을 피운다
침묵의 그림자가 노래를 부른다
달그림자가 따뜻하다

# 검은 마스크

그것은 입이 아니다
입 없는 입이다
그것이 입이라면 썩은 밥을 먹는 입이다
자기 여물을 다 먹고
남의 여물까지 먹어버리는 소의 입이다

그것은 침묵의 꽃도
침묵의 눈물도 아니다
침묵 없는 침묵의 밀이다
이미 땅속에 파묻힌 무덤의 말이다
무덤가를 어슬렁거리는 굶주린 들개의 말이다

그것은 빛나는 별들의 밤하늘이 아니다
죽은 별들이 영원히 잠자는 어둠이다
정의를 잃고 증오를 얻은 자의 밤이
인간의 심장을 검게 물들이는 어둠이다
시궁창 냄새가 나는 어둠의 가면이다

# 슬프고 기쁜

꽃이 저 혼자 일찍 피었다고 봄이 오는 것은 아니다
꽃이 저 먼저 져버렸다고 봄날이 아주 가는 것은 아니다

사람이 저 혼자 걸어간다고 새로운 길이 나는 것은 아니다
모든 길이 다 무너졌다고 길이 아예 없어지는 것은 아니다

지금까지 내가 가는 곳마다 비가 와서 길은 진흙탕이 되
었다
진흙탕 길을 걷는 내 발자국마다 그래도 꽃은 피었다

오늘은 선암사 고매화가 꽃망울을 터뜨리다가 나를 바라
본다
매화 향기에 취한 새들이 홍매화 꽃잎을 쪼다가 나를 바
라본다

작은 새의 슬프고 기쁜 눈빛으로 나를 바라보는 당신을
사랑한다
새의 눈빛을 지니지 못한 당신도 사랑하다가 영원히 잠이
든다

# 숭례문

내가 소년이 되어 무작정 서울역에 처음 내렸을 때
어디로 가야 할지 몰라 서울역 시계탑 아래를 서성거렸을 때
서울역 광장 비둘기들만 나를 멀뚱멀뚱 쳐다보고 있었을 때
아버지처럼 달려와 두 팔을 벌리고 힘껏 나를 안아주던

내가 청년이 되어 마음의 고향을 찾아 처음 서울역을 떠났
을 때
결국 고향을 만나지 못하고 울면서 다시 서울역으로 돌아와
하염없이 비를 맞으며 갈 곳을 잃었을 때
어머니처럼 살며시 다가와 나를 품에 꼭 껴안아주던

내가 노년이 되어 이제는 아무 데도 갈 데가 없었을 때
그리운 벗들도 떠나고 기어이 늙은 아내마저 떠나
공연히 지하철을 타고 서울역에 내려 먼 하늘을 바라볼 때
명동성당에 가면 만나는 그 야윈 사내처럼 다가와
내 굽은 어깨를 다정히 토닥여주는

마침내 인생이 나를 버릴 때에도 나를 버리지 않는
서울에 사는 가난한 사람들이 모두 손을 잡고

봄이 오는 서울의 새벽 거리를 걸으며 아리랑을 부를 때
에도
손수건을 꺼내 말없이 서울의 눈물을 닦아주는

제 3 부

# 개미

오늘도 나는
나를 위해 죽어간 나를 위하여
슬피 울 필요는 없다

어머니는 왜 나에게
인간이 되지 못하면
개미라도 되라고 말씀하신 것일까

첫새벽에 일어나
지하철역으로 걸어가는 개미의 뒷모습이
사람의 뒷모습보다
더 아름답다

# 자서전

비 온 뒤 거리로 기어나온
달팽이처럼 기어갑니다
월급을 받으러 기어갑니다
대출이자를 내려고 기어갑니다
사랑하지도 않으면서 거짓 기도하러
명동성당으로 기어갑니다
조계사에도 들러
불전함에 돈도 넣지 않고 삼배를 올리다가
부처님 기침 소리에 놀라
도망치듯 기어갑니다
사랑하지도 않으면서 사랑한다고 말하려고
용서하지도 않으면서 용서한다고 말하려고
어디 있는지도 모르는 당신을 향해
한강을 지나 관악산 쪽으로
열심히 기어가다가
어느날 문득
당신에게 밟혀 으깨집니다

# 당신

내 마음에 그리움의 불을 지른 뒤
불꽃 속에 연꽃 한송이 피어난 줄을

연꽃 속에 그리움의 불꽃이 타올라
별들이 떼 지어 움직인 줄을

연꽃 속으로 노새를 타고
딸랑딸랑 방울 소리 울리며
낭신이 히날라야 설산을 향해 떠난 줄을

연꽃잎에 고인 이슬 속에 비친
안나푸르나 산정에 홀로 앉아
영원히 나를 기다린 줄을

# 마음 없는 내 마음

마음속에 마음이 있는 줄 알았더니
내 마음 어디로 갔나

마음 없는 내 마음에 비가 오네
봄비가 오네

오늘도 마음은 봄비를 맞으며
내가 찾아가기도 진에
또 나를 찾아왔구나

오늘도 마음은 봄비 속으로
내가 떠나가기도 전에
또 나를 떠나갔구나

단 한번 사랑함으로써 평생을 사랑하는
경주 정혜사지 천년 석탑처럼

마음 없는 내 마음
비를 맞고 서 있네

# 너의 손을 처음 잡았을 때

너의 손을 처음 잡았을 때
나는 가난한 사람이었다

너의 손을 처음 잡고 길을 걸었을 때
나는 거리에서 날마다 죽어가고 있었다

너의 손을 처음 잡고 노래를 불렀을 때
나는 한줌 검은 재로 바람에 흩날리고 있었다

너의 손을 처음 잡고 밥을 먹었을 때
나는 쌀밥 한그릇이 나의 배고픈 우주였다

너의 손을 처음 잡고 술잔을 건넸을 때
나는 잔을 다 채우기도 전에 떨리는 술잔이었다

너의 손을 처음 잡고 눈물을 훔쳤을 때
나의 상처 난 주먹에도 꽃이 피었다

너의 손을 처음 잡고 강가를 걸었을 때

비로소 나는 연어들과 함께 산란을 시작했다

# 꽃이 시드는 동안

꽃이 시드는 동안 밥만 먹었어요
가쁜 숨을 몰아쉬며
꽃이 시드는 동안 돈만 벌었어요
번 돈을 가지고 은행으로 가서
그치지 않는 비가 그치길 기다리며
오늘의 사랑을 내일의 사랑으로 미루었어요
꽃이 시든 까닭을 문책하지는 마세요
이제 뼈만 남은 꽃이 곧 돌아가시겠지요
꽃이 돌아가시고 거우내 내가 우는 동안
기다리지 않아도 당신만은 부디
봄이 되어주세요

# 가섭에게

당신의 미소를 한번만 더 보여주세요
내 비록 한송이 꽃과 같은 인간은 아니지만
어머니 가슴에 대못을 박은 인간이지만
마지막으로 당신의 미소를 보고 싶어요
그래도 어머니가 나를 용서해주셨으므로
죽기 전에 꼭 한번은
어머니가 해주시던 김치찌개 같은
당신의 미소를 맛있게 먹고
나도 이제 마지막으로 착한 인간이 되고 싶어요
존엄사는 바라지도 않아요
소신공양하지 못한 내 영안실에
미소를 띠고 당신이 슬쩍 한번 다녀가시면
내가 허공을 밟고 허공으로
올라갈 수 있을 거예요

# 덫

내가 걸었던 골목마다
산길마다
내가 몰래 덫을 놓고 살아온 줄 알았더니
아니다
그게 아니다
내가 평생 당신 덫에 걸려 살아왔다
덫을 놓고 지금까지
내가 잡은 인간은 한마리도 없다
나만 잡혀
짐승처럼 어디론가 끌려갔다

# 화재

불이 났다 내 인생에
어디서 온 불인지
누가 붙였는지

활활 타오르는
불을 끄려고 혼자
사방을 뛰어다니다가
우물에다 내 가슴을 처박았다

우물에 불이 붙는다
두레박이 불타고
우물물의 불길이 먼 산을 불태운다
낙산사가 불탄다

평생 불을 끄려고 쫓아다니다가
불도 끄지 못하고
불나방처럼
불 속에 뛰어든다

# 실족

오늘도 발을 헛디뎠구나
여기도 디딜 곳이 아니었구나
산새가 지나간 눈길이었는지
발목이 부러지지 않아 다행이구나

아무리 기다려도 오지 않고 가고
아무리 떠나가도 가지 않고 오고
사랑할 때는 사랑하는 일밖에 할 수 없어
밤새껏 허우적허우적 발사국노 없이
지리산을 헛디디며 걸어갔구나

운명에는 방향을 줄 필요가 없었으나
운명에게 방향을 주려다가
기어이 방향마저 잃은 내가
어찌 헛디디지 않고 걸어갈 수 있으랴
넘어지지 않고 다다를 수 있으랴

보이지 않는 산을 향하여
보이는 산을 먼저 걸어가다가

나는 그만 실족사하고 다시
발 없는 발로 걸어가노니
폭설이 내린 겨울 지리산이 가부좌하고 부는
대금 소리 홀로 고요하구나

# 불청객

나는 내 인생의 불청객
배고플 때 어머니처럼 밥상을 차려주고
잠 못 이룰 때 아내처럼 이부자리도 펴주어
정성껏 인생에게 초대받은 줄 알았으나
나는 초대받지 않은 내 인생의 불청객

기다리지 않아도 해마다 첫눈이 내리고
인생의 길가에 꽃들이 다투어 피어나
나는 내 인생의 귀한 손님인 줄 알았으나
하룻밤 잠잘 곳을 찾아 산길을 헤맨 과객이었을 뿐

그동안 불청객인 내가
내 인생을 간섭하고 괴롭힌 죄 무척 크다
초대하지도 않았는데 인생을 찾아가
손님처럼 술상을 받고
평생 눈물의 잔을 기울이며 통음한 죄 용서하시라

그래도 가끔 새벽에 새들이 날아와
내 가슴에 똥을 누고 날아가

내 인생이 새똥의 향기로 아름다울 때도 있었으므로
죽음의 불청객이 찾아오기 전에
부디 용서하시라

# 기차에서

나는 왜 기차를 타고 가면서도
기차에서 뛰어내리는가
나는 왜 기차가 달리고 있는데도
기차에서 뛰어내려 울고 있는가
그곳은 종착역이 아니다
내가 기차에서 뛰어내린다고 해서
기차가 멈춰 서는 것은 아니다
내 비록 평생 조약돌을 갈아
당신에게 바칠 맑은 손거울 하나
만들지 못했다 할지라도
기차가 달리는 동안에는
달리는 기차를 사랑하라
고요히 차창에 머리를 기대고
모내기를 막 끝낸
무논의 푸른 그림자를 바라보라
내가 기차에서 뛰어내린다고 해서
기차가 달리지 않는 것은 아니다

# 숯이 되라

상처 많은 나무의 가지가 되지 말고
새들이 날아와 앉는 나무의 심장이 되라
내가 끝끝내 배반의 나무를 불태울지라도
과거를 선택한 분노의 불이 되지 말고
다 타고 남은 현재의 고요한 숯이 되라

숯은 밤하늘 별들이 새들과 함께
나무의 가슴에 잠시 앉았다 간 작은 발자국
밤새도록 새들이 흘린 눈물의 검은 이슬
오늘밤에도 별들이 숯이 되기 위하여
이슬의 몸으로 내 가슴에 떨어진다

미래는 복수에 있지 않고 용서에 있으므로
가슴에 활활 격노의 산불이 타올라도
산불이 지나간 자리마다 잿더미가 되어
잿더미 속에서도 기어이 살아남아
화해하는 숯의 심장이 되라
용서의 불씨를 품은 참숯이 되라

# 잿더미

잿더미가 되지 않고 어찌 숯이 되겠느냐
숯이 되지 않고 어찌 불씨가 되겠느냐
잿더미 속에는 아직 인간의 불씨가 남아 있다
어떤 이는 남은 불씨마저 꺼뜨리려고
평생 잿더미를 헤집고 다니지만
불씨 속에는 우듬지의 새싹이 들어 있다
산불이 지나간 지난겨울
잿더미가 된 지리산을 보라
봄이 오면 파릇파릇 싹이 돋는다

# 이슬이 맺히는 사람

다행이다
내 가슴에 한이 맺히는 게 아니라
이슬이 맺혀서 다행이다

해가 지고 나면
가슴에 분을 품지 말라는
당신의 말씀을 늘 잊지 않았지만

언제나 해는 지지 않아
가슴에 분을 품은 채 가을이 오고
결국 잠도 자지 못하고
새벽길을 걸을 때

감사하다
내 가슴에 분이 맺히는 게 아니라
이슬이 맺혀서 감사하다
나는 이슬이 맺히는 사람이다

# 풀잎

내가 풀잎으로 태어나 가장 먼저 한 일은
바람에 쓰러지는 일이었다
바람의 주먹을 끝내 피하지 못하고 쓰러져
그래도 울지 않으려고 노력한 일이었다
행여 내 울음소리가 멀리 귀뚜라미에게 들릴까봐
쓰러진 채 우는 가슴을 땅에 묻는 일이었다
김수영 시인은 바람보다 더 빨리 쓰러지고
바람보다 먼저 일어나라고 말씀하셨지만
나는 언제나 바람보다 먼저 일어나지 못했다
그래도 한순간도 당신을 잊은 적 없고
한순간도 당신을 배반한 적 없으므로
바람에 쓰러지고 일어나 다시 쓰러져도
내가 풀잎으로 태어나 가장 기쁜 일은
당신의 눈물을 이슬로 만드는 일이었다
달빛에 이슬을 눈부시게 빛나게 하는 일이었다

# 진흙이 되기 위하여

버려진 거리의 흙을 모두 먹는다
골목을 흐르는 시궁창의 물을 모두 마신다
사람들이 떨어뜨린 돈도 몰래 주워 먹는다
썩은 인간의 모든 사랑도 씹어 먹는다
오물투성이 진흙이 되기 위하여
연꽃이 뿌리 내리는 진흙탕이 되기 위하여
일생에 단 한번
연꽃 한송이 피우기 위하여 나를 짓이긴다
신발도 벗지 않고 내 심장을 짓이긴다
진흙의 더러움에 물들지 않는 연꽃을 보고
당신은 왜 진흙 속에서만 피어나느냐고
왜 진흙은 당신의 아름다움에는 물들지 않느냐고
평생 화를 내며 분노 속에 살아왔으나
가장 더럽고 가장 짓이겨진 진흙이
가장 맑고 가장 향기로운 연꽃을 피우므로
가장 더러운 진흙이 되기 위하여
오늘도 맨발로 나를 힘껏 짓이긴다

# 혼자 건너는 강

나는 한때 강물이 점점 불어나는 것을 두려워했다
강 건너 당신의 집에 무사히 다다르기 위해
강물이 점점 줄어들고 강바닥이 드러나면
그 바닥의 길을 걸어
고요히 당신에게 다가가기를 기다려왔다

강물은 좀처럼 줄어들지 않았다
아무리 기다려도 바닥은 길이 아니라 바닥이었다
모든 바닥은 너욱너 깊어져야 바닥이 되었나
강바닥이 점점 깊어지기 위해서는
강물이 점점 불어나야만 했다

나는 이제 강물이 불어나도 두려워하지 않는다
발목까지 찼던 강물이 턱밑까지 차올라도
강의 밑바닥이 더욱더 깊어가도
돌아갈 수 없는 이 강을 혼자 건너가야 한다
창밖에 환히 등불을 밝히고
나를 기다리는 당신의 집을 향해

# 칼이 있는 저녁

칼을 늘 봄의 풀잎처럼 부드럽다고 생각했지
칼을 늘 청춘의 입술처럼 달콤하다고 생각했지
언젠가는 세상의 모든 칼이
순두부처럼 부드러워질 날이 오리라고 생각했지
그때까지 간절히 기도하며 참고 기다렸다가
부드러운 칼로 맛있게 순두부찌개를 끓여
돌아가신 아버님께 드리자고 굳게 결심하며 기뻐했지
그러나 오늘 저녁 그만 칼이 나를 찌르네
무릎을 꿇리고 두 손을 들게 하고
칼을 칼이라고 생각하지 못한 죄악을 깨닫게 하는
항복의 자세를 향하여 깊게 찌르네
나는 쓰러지고 피가 나네 흰 피가
칼은 아무리 부드러워도 칼이 된다고
칼은 그 누구의 가슴도 부드럽게 쓰다듬을 수 없다고
칼로 찌르면 얼른 그 칼을 빼야 한다고
내가 이차돈도 아닌데 흰 피가
땅의 풀잎을 적시고
하늘 나는 새들의 가슴을 적시네

# 딱따구리에게

제발 좀 나를 쪼아대지 마
몇날 며칠 잠도 자지 않고
그렇게 쪼아대면 내가 어떻게 살겠니
내 가슴은 이미 피가 흥건하고
허파는 바람이 드나들고
심장도 구멍이 뻥 뚫렸잖아
내 죄의 벌레를 모조리 잡아먹고
내 욕망의 부나비도 모두 잡아먹어줘서 고맙지만
그래도 넌 내기 볼썽하지도 않니
그래그래 좋아 좋아
내 가슴을 다 파내도 좋아
심장까지 드러내고 그곳에 잠들어도 좋아
내 심장이 너의 둥지가 되어
서로 사랑하고 알을 낳고 새끼를 길러도 좋아
내 비록 죄 많은 인간이지만
나는 네가 사랑의 둥지를 튼 굴참나무야
그 누구한테도 용서받을 수 없는 나를
튼튼하고 아름다운 나무라고 여겨줘서 고마워
나중에 아기 새들을 데리고 푸른 하늘을 날 때

잊지 말고 나도 꼭 데리고 가주렴

## 당신의 칼

산다는 것은 결국
평생 가슴속에 간직한 칼 한자루 버리는 일이라고
당신은 바위 위에 칼을 꺼내놓고도
버리지 못하고

그 칼을 들어 기어이 내게 내리꽂더라도
내 야윈 등 뒤에는 꽂지 말아다오
내 등에는 아직도 첫눈이 내리고 새들이 날아오르므로
시퍼렇게 날을 세워 칼을 내리꽂더라도
내 붉은 심장에 꽂아다오

나는 당신의 칼을 품에 안고 봄이 올 때까지
푸른 나무의 그림자 속으로 걸어 들어가
나무의 심장이 되어
세상 모든 사람들의 평생 버리지 못한 칼을 품으리니

내게 칼을 꽂으려면
아직도 아침이슬이 내리는 내 등에는 꽂지 말고
돌아가신 어머니가 살아 계신

내 심장에 힘껏 내리꽂아다오

# 우울한 오피스텔

고층 오피스텔이 흔들린다
새벽부터 창가에 너울성 파도가 밀려온다
검은 새벽안개도 따라와 나를 덮친다
운명이 사라졌기 때문이다
당신을 떠나면서부터 수평선처럼
나의 모든 운명이 쓰러졌기 때문이다
나는 당신이 아니었고 당신은 내가 아니었다
인생을 다시 시작하기에는 너무 늦었다
눈물로 혼자 밥을 먹어도 눈물이 밥이 되지 않는다
인간이 인간에게 속고 사는 것처럼
새도 새에게 속고 산다고
오피스텔 창가로 해일과 함께 날아온
바닷새들이 내 손을 잡는다
고층에서 오피스텔이 훌쩍 뛰어내리기 전에
내가 먼저 뛰어내리지 말라고
희망에게 속아도 울지는 말라고
검은 내 손을 꼭 잡고 놓지 않는다
그래그래 고맙다 새여
이제는 끝내야 할 곳에서 끝내버리고

다시는 혼자 울지 않을게

# 나의 지갑에게

슬그머니 너를 골목에 버린다
기차가 서울역에 도착했을 때 슬며시
앉았던 의자 밑에 너를 두고 내린다
나는 날마다 죽음을 앞둔 늙은 어린이
너를 버리지 않고서는 떠날 수 없으므로
너만이라도 멀리 나를 떠나 잘 살게 되기를 바란다
그동안 나는 내 그림자가 없는 것을 보고 놀라
뒤도 돌아보지 않고 허둥지둥 살아왔다
법정 스님께서는 모든 것을 버리고
들것에 실려 떠나셨으나
나는 아직 아무것도 버리지 못해 떠나지 못했다
그동안 나보다 더 너를 소중히 여긴 이는 없다
상의 안주머니에 있는 내 심장에 항상 넣어두고
때로는 내 가족보다 더 너를 사랑했으나
이제 아낌없이 한강대교 아래로 던져버린다
내 너를 다시 주워 들고 기뻐하는 일은 없으리라
지금까지 울음 섞인 내 심장의 박동 소리를
산새 소리 듣듯 들어주어서 고맙다
네 가슴을 두툼히 채워주지 못하고

늘 배고프게 해서 미안하다

# 나의 악마에게

내가 그렇게 맛있니
마른 북어처럼 내리치고 북북 찢어
나를 얼마나 먹어야 네 배가 부르겠니
얼마나 더 속속들이 내 뼈를 추려야 만족한 웃음을 짓겠니
혹시 쥐뿔을 잘라 불판에 구워 먹을 생각은 없니
꿇어앉아 기도할 땅 한뙈기 없어도
배고픈 사랑을 결코 버린 적 없는데
나를 요리조리 씹어 먹고 삶아 먹고 볶아 먹으면 맛있니
밤마다 내 간을 꺼내 술을 만들어
남산타워 꼭대기에 올라 높이 술잔을 쳐들 때마다
너의 술잔 속에 고인 내 눈물은 한강이 되어 흐르지
너의 술잔 부딪치는 소리가 서울의 밤하늘을 울릴 때마다
내 눈물은 또 피눈물이 되어 별들을 붉게 물들이지
사랑하기도 전에 사랑을 빼앗아버려
밤새워 만다라를 그려놓기만 하면 지워버려
나는 요즘 청계천 흐르는 물에 몰래 나를 버리고 퇴근하지
섬진강에 매화꽃 지고 나면 매실이 영글듯
올가을에 아름답게 내 사랑의 간이 영글면
썩은 이빨도 날카로운 발톱도 드러내지 말고

쩝쩝 입맛도 다시지 마라
그만큼 나를 게살 발라먹듯 발라먹었으면
개뿔을 빼먹는 게 더 배부르지 않겠니

# 겨울 강에게

너는 이제 명심해야 한다
겨울이 오는 순간
강심까지 깊게 얼어붙어야 한다
더이상 가을의 눈치를 보지 말고 과감하게
절벽에 뿌리를 내린 저 바위처럼 단단해져야 한다
너는 강물로 만든 바위이며 얼음으로 만든 길이다
그동안 너의 살얼음을 딛고 걷다가
내가 몇번이나 빠져 죽었는지 아느냐
살얼음이 어는 강은 겨울 강이 아니냐
너는 쩡쩡 수사자처럼 울음을 토해내고 얼어붙어
내 어릴 적 썰매를 타고 낙동강을 건너 외할머니 집에 가듯
나의 겨울 강을 건너가게 해야 한다
나는 이제 강을 건너가야 할 시간이 얼마 남지 않았다
누가 너의 심장 위에 뜨거운 모닥불을 피워도
얼음낚시꾼들이 끈질기게 도끼질을 해도
물고기들이 오갈 수 있는 물길 하나 남겨두고
더욱 깊게 침묵처럼 얼어붙어야 한다
살얼음이 언 겨울 강에 빠져 늘 허우적거리며 살아온 나는
내 평생의 눈물이 얼어붙은

저 겨울 강을 지금 건너가야 한다

제 4 부

# 새벽별

새벽별 중에서
가장 맑고 밝은 별은
내가 사랑하는 사람이다

새벽별 중에서
가장 어둡고 슬픈 별은
나를 사랑하는 사람이다

# 별밥

하늘의 우물에는 별이 많다
어머니가 우물가에 앉아 쌀을 씻으시면서
쌀에 아무리 돌이 많아도 쌀보다 더 많지 않다
물끄러미 어린 나를 바라보며 말씀하셨지만
나의 우물 속에는 언제나 쌀보다 별이 더 많았다
지금도 나는 배가 고프면
하늘의 우물 속에 깊게 두레박을 내리고
별을 가득 길어 밥을 해 먹는다
가끔 구름도 섞어 별밥을 해 먹고
그리운 어머니를 찾아 길을 떠난다

# 사무친다는 것

사무친다는 것은 사랑한다는 것이다
사랑한다는 것은 사무친다는 것이다
마음의 벼랑 끝에 독락당(獨樂堂) 한채 짓고
오늘도 날이 저문다는 것이다
저녁노을도 없이 강 건너 주막도 없이
새벽별도 뜨지 않았는데
허우적허우적
물살 센 깊은 강을 혼자 건너간다는 것이다

# 사랑에게

너도 여기까지 가까스로 무릎으로 걸어왔니
나도 맨발로 기어이 여기까지 기어왔다
너도 드디어 울음을 멈춘 곡비의 밤이 되었니
나도 결국 눈물의 등불을 켠 새벽별이 되었다
너도 이제 바다에 다다라 검은 수평선이 되었니
나도 수평선 너머
절벽을 기어오르는 섬의 거친 파도가 되었다
사랑했으나 평생 증오했던 나의 나여
오늘은 갈매기 한마리
파도를 입에 물고 먼 수평선 밖으로 사라진다
나는 날개도 없이 섬 기슭에 내려앉아
갈매기알 몇개 낳고 영원의 잠이 든다

# 그리운 그리움

모든 적은 한때 동지였던가
결국 그리운 그리움도 적이었던가
오늘 할 일을 오늘에 하지 못하고
내일 할 일을 내일도 하지 못하고
마음의 손에 수갑을 차고 서성대는 나를
귀뚜라미 한마리가 빙긋이 쳐다보고 웃는다
감나무 가지에 걸린 달그림자도 나를 보고 웃는다
대문 밖에는 누가 또 나를 찾아왔는지
검은 봉고차 한대가 아직 서 있고
달빛에 홍시 몇개가 개똥 옆에 떨어진다
나는 서둘러 그리움에 찬 마음의 수갑을 풀고
달빛이 묻은 개똥을 치운다
늦은 저녁을 잡수시던 어머니는 말없이
개밥을 위해 숟가락을 놓으신다
보름달은 스스로를 낮추고
그리운 감나무에 걸리었다

# 촛불

어머니 아흔다섯 생신날
내가 사 들고 간
생일 케이크에 초를 하나만 꽂고
단 하나의 촛불을 켰다
생명도 하나
인생도 단 한번이라는 생각을 한 것은 아니었다
그저 그렇게 하는 게
어머니가 더 아름다워 보였다
이번이 어머니의 마지막 생신이라는 생각에
눈물로 생신 축가를 불러드리자
어머니가 마지막 토해낸 숨으로
촛불을 훅 끄시고
웃으셨다 쓸쓸히
촛불은 꺼질 때 다시 타오른다고
어머니 대신 내가 마음속으로 말하고
촛불이 꺼진 어머니의 초를
내 가슴에 꽂았다

곡기(穀氣)


당신이 곡기를 끊으셨다
그리고 나를 끊으셨다
창밖엔 비가 왔다

당신에게 도적이 든 것이다
당신의 도적을 잡으려고
날밤을 새웠으나

내가 깜빡 조는 사이
당신은 도적을 따라
빗속을 뚫고
어디론가 사라졌다

나도 당신처럼
내 안에 도적이 들어
곡기를 끊는 날
당신을 다시 만날 수 있으리

# 골무

돌아가신 어머니
반짇고리에 남은
다 해진 골무 하나
내 양복 단추와
구멍 난 양말을 기워주시던
내 눈물도 평생 기워주시던
어머니의 골무는
기어이 말라버린 어머니의
작은 젖무덤
어디로 가는지도 모르고
홀로 밤길을 걸을 때
밤하늘에 높이 떠
자꾸 나를 따라오던
외로운 반달

# 목포역

목포역에 내리면 눈물 난다
이난영의 목포의 눈물이 나의 슬픈 눈물인가
예전에 목포역에 내리면 대합실 가득
목포의 눈물 노랫가락이 젊은 어머니의
가슴 아픈 눈물처럼 흘러나왔는데
이제는 목포 사람들도 눈물이 다 말라
노래는 사라지고 유달산에 올라야
이난영 노래비에서 흘러나오는 녹음된 노래만
목포대교 위를 나는 흰 구름의 힉이 되어
삼학도로 날아간다
어머니
돌아가신 당신의 목소리로 제 어릴 적
들려주시던 것처럼 오늘밤
목포의 눈물을 불러주세요
어머니 임종도 못 본
늙은 아들은 오늘 혼자 목포에 왔어요
어머니가 안 계신 제 인생을
이제 버릴 때가 되었어요
목포역에서 해물짬뽕 한그릇 사 먹고

목포항에 가면
이승을 떠나는 뱃고동 소리를 들려주세요

# 그리운 불빛

안방 문틈으로 새어나오는
바느질하시는 어머니의 불빛을
언제 다시 볼 수 있을까
내 많은 상처를 어머니가 돋보기를 끼고
언제 다시 기워주실 수 있을까

건넌방 문틈으로 새어나오는
성경에 두 손을 모으고
기도하시는 아버지의 불빛을 따라
언제 다시 천국을 다녀올 수 있을까

소년의 방을 환히 밝히고
세상 모든 어둠의 무서움을 물리쳐주던
눈길을 걸어 멀리 새벽에
어머니와 함께 걸어가던 마을의
살굿빛 그 그리운 불빛

# 기념 촬영

기념 촬영 할 일이 없어졌다
봄날에 어머니를 땅에 묻고 무덤 앞에서
기념 촬영을 하고 나서
또 무엇을 기념할 수 있을 것인가
절망을 기념할 수 있을 것인가
한때는 나무가 나를 안아주고 있을 때
개미가 내 손을 잡고 길을 걸을 때
기념 촬영을 했으나
촛불을 밝히고 휠체어에 앉은 어머니의
구순 생신도 기념 촬영 했으나
이제는 기념할 일도
촬영할 인생도 없어졌다

# 내 그림자를 이끌고

해는 지는데
내 그림자를 이끌고 꼭 가야 할 곳이 있다
그곳이 어디인지 나는 모르지만
어머니는 알고 있다

어머니는 그곳이 어디인지
누구를 만나야 하는지
알려주신다고 약속해놓고
말없이 황급히 어디론가 떠나셨다

평생 내 그림자를 배반한 내가
내 그림자를 이끌고 어머니도 없이
이제 어디로 가야 할 것인가

서울역 돌계단에 앉아
노숙인들의 그림자와 함께
떠나가는 기차 소리를 따라가던 날
내 그림자마저 나를 두고 어디론가 떠나갔다

해는 지는데
나는 그림자도 없는 인간이 되어
어디에서 누구를 만날 수 있을 것인가
오늘밤에 해가 뜬다 할지라도
당신을 찾아갈 수 없다

# 눈물의 집

밤은 오고 아침은 오지 않는다고 슬퍼하더니
오늘은 눈물이 꽃으로 피어나네
내가 흘린 세상의 모든 눈물을 모아
어머니가 가꾸시던 꽃밭에 꽃씨 뿌리듯 뿌렸으나
평생 꽃 한송이 피어나지 않더니
증오와 분노의 독버섯만 자라
날마다 독버섯을 먹고 우물가에 쓰러지게 하더니
오늘은 어머니가 돌아가시자 눈물이 꽃이 되었네
꽃밭이 있는 작은 눈물의 집이 되었네
나는 달팽이처럼 눈물의 집을 등에 지고
어머니가 가신 곳으로 서둘러 길 떠나가네
눈물의 집 화단 가
채송화가 피어 있는 담벼락에 기대어
컵라면을 먹는 배고픈 소년의 노인이 되어
어머니를 만나러 가네

# 새의 그림자는 날지 않는다

새의 그림자는 날지 않는다
새는 하늘을 날 때
그림자는 땅에 남겨놓고 날아간다

어머니가 하늘로 돌아가실 때
나를 땅에 남겨놓고 가셨듯
새는 그림자를 땅에 남겨두고 날아간다

어떤 새는 간혹 새소리마저 남겨놓을 때가 있다
그럴 때는 새 그림자들이 새소리를 듣기 위해
서로 숲에 모여 배고픈 줄 모른다

새의 그림자는 새보다 위대하다
새를 하늘로 날려 보낼 뿐
결코 하늘을 날지 않는다

# 고래라는 말 속에는 어머니가 있다

고래라는 말 속에는 어머니가 있다
어머니의 고향 바닷가
푸른 오솔길을 걸어가던 첫사랑이 있다
깊이를 알 수 없는 모성의 바다가 있다

고래라는 말 속에는 가난한 아버지가 있다
지게를 내려놓고
먼 수평선을 바라보던 아버지의 푸른 눈빛이 있다
부지런한 아버지의 지게가 있다

고래라는 말 속에는 별들이 있다
새벽별들의 찬란한 바다가 있다
새끼 고래처럼 바닷가를 뛰노는 아이들의
파도 같은 웃음소리가 있다

오늘도 세상의 모든 눈을 감고 고요히
고래
너의 이름을 부를 때마다
바다의 심장 뛰는 소리가 들린다

내 눈물의 심장 뛰는 소리도 들린다

# 귀향

밤기차를 타고 서울역을 떠난다
강물은 바다에 흘러들면 짠맛을 내는데
서울의 바다에 흘러들어 짠맛을 내지 못하고
다시 고향의 강물로 흘러간다
서울에서 양은냄비에 혼자 라면을 끓여 먹는 일은 슬프다
초승달이 기우는 고향 역에 내려
혼자 짜장면 곱빼기를 사 먹는 일도 슬프다
농투성이 고향 사람들 몇명
또 어디로 기려는지
대합실 벽 전광판 시계의 붉은 숫자처럼 깜빡거린다
나를 따라오던 가창오리떼는 지금쯤
어느 밤하늘을 멀리 날아가고 있을까
대합실 의자에 짙게 밴 노숙의 냄새에서
고향 집 뒷간 두엄 냄새가 난다
국물로 우려내고 남은 멸치 같은 아들을
이미 늙어버린 노숙의 아들을
어머니 용서해주세요

# 결별

폭설이 내렸다고 해서
나뭇가지는 직박구리와 결별하지 않는다
구름이 얼어붙었다고 해서
겨울 하늘은 겨울과 헤어지지 않는다
별들이 얼어붙었다고 해서
당신의 밤하늘이 빛나지 않는 것은 아니다
가난하다고 해서 당신이 영원히
결별을 선언하고 떠나간 뒤
나는 왜 밤마다 배고픈 꿈을 꾸고 자주 우는지
왜 다른 사람의 손에 들려 있는 빵까지 빼앗아 먹고
다른 사람의 집에서 혼자 울고 있는지
만일 나뭇가지가 새들과 결별하고
밤하늘이 별들과 헤어지고
개펄의 밀물이 썰물과 만나기를 포기한다면
모내기를 끝낸 무논이 벼 포기들과 헤어지고
가섭이 부처님과 영영 이별한다면
어떻게 당신의 사랑이 완성될 수 있겠느냐

# 섬진강에서

가을 햇살에 찬란한 강 물결을 바라보며
그것이 강의 전부라고 생각한 것은 내 잘못이다

강이 강바닥을 흐르는 줄 알지 못하고
물고기들이 강의 바닥에 사는 줄 알지 못하고

가을 햇살에 눈부신 강의 물결만 바라보고
그것이 강의 모든 아름다움이라고 생각한 것은 내 잘못이다

물고기들이 죽어서야 강물 위에
허옇게 배를 드러내고 둥둥 떠도는 까닭은
평생을 강의 바닥에서 살았기 때문이다

내가 죽을 때가 되어서야 텅 빈 마음으로
푸른 하늘을 어슬렁어슬렁 걸어다니는 까닭은

나도 평생 바닥에 누워 잠이 들고
바닥에서 일어나 아침을 맞이했기 때문이다

# 은행잎

입동 무렵부터 떨어지기 시작한 노란 은행잎은
왜 내 가슴의 처마 끝에는 떨어지지 않고
밤새 세워놓은 자동차 지붕 위에만 수북이 쌓이는가

입동이 깊어갈수록 더욱더 떨어지는 은행잎은
왜 당신을 사랑하는 내 가슴의 깊이에는 쌓이지 않고
하늘 높이 울리는 저녁 종소리만 따라가는가

올가을에도 서산 개심사 은행나무는
은행잎으로 아름다운 해우소를 지어
볼일을 보러 오는 사람의 마음마저 아름답게 하는데

내가 사는 아파트에 자동차들이
밤새 은행잎을 수북이 뒤집어쓴 것을 보면 슬프다
아무래도 자동차보다 내가 더 지은 죄가 많은가보다

# 덕수궁 돌담길

덕수궁 돌담길을 걸으며
사랑한다는 말을 할 때마다
내 입이 꽃봉오리가 되었으면 좋겠어요
덕수궁 돌담길은 길의 애인이고
길의 어머니이므로
덕수궁 돌담길을 함께 걸으며
당신을 사랑한다는 말을 할 때마다
내 입에서 꽃이 피어났으면 좋겠어요
입속에 가득 꽃씨를 담고 있다가
사랑한다는 말을 할 때마다 꽃이 피어나
덕수궁 돌담 가득 꽃다발이 걸리면 좋겠어요
덕수궁 돌담길을 걸은 수많은 발자국들
밤이면 발자국들끼리 만나
서로 사랑한다지요

# 신라에서 하룻밤

신라에서 당신과 하룻밤 자기를 바란다
당신이 나를 진정 미워한다 할지라도
분황사 어디쯤 골목에서 당신과 손을 잡고
일생에 단 한번이라도
첨성대 쪽으로 다정히 걸어가기를 바란다
어쩌면 신라의 밤하늘이 반월성에서
찬란히 우리를 기다리고 있지 않겠느냐
우리가 첨성대에 별똥으로 떨어지기 위해서는
사랑의 숭고한 기쁨 가운데서
오늘 가을 하룻밤
당신과 함께 잠들어야 하지 않겠느냐

# 누더기

짜장면을 사 먹고 길을 걷는다
내가 살아온 길과 내가 살아가야 할 길이
누더기가 되어 저녁 하늘에 걸려 있다
별들이 이제 막 솟기 시작한다
노을에 앉아 있던 새 한마리가
내 가슴에 똥을 누고 멀리 사라진다
길 위에 길게 드리워진
내 그림자도 누더기가 되어
어디론가 나를 끌고 가 돌아오지 않는다
너의 손을 잡고 길을 걸을 때
나의 손은 늘 풀잎으로 흔들렸으나
이제 남은 것은 다 닳은 신발 한켤레뿐
내가 걸어온 길과 내가 가야 할 길도
누더기가 되어 밤이슬에 젖어 있다
별이 뜨는 밤이 오면 누더기도 아름답다

# 광화문에서

이제는 침묵할 때가 아니다
침묵이 말을 할 때다
칼이 꽃이 되고 총이 낙엽이 되고
대포도 미사일도 가을 대봉감이 되어
총소리란 총소리는 모두 어머니의 노래가 되어
침묵의 진리를 말할 때다
쌀 한알에 어머니를 그리워하며
삽을 늘고 달려가 논누렁에 사유의 물꼬글 틀고
다시 볍씨를 뿌리고 막걸리를 한잔씩 돌릴 때다
논에 물을 대고 햇살에게 엎드려 절을 할 때다
사랑의 밥그릇을 꺼내 들고 푸른 하늘을 향해 손 흔들 때다
워낭 소리를 내며 소들이 웃다가 잠이 들면
무논의 밤안개 속에서 고요히
개구리들이 서로 사랑하는 소리를 엿들을 때다
이제는 아무도 슬프지 않도록
진실 때문에 아무도 배고프지 않도록
등불을 들고 광화문으로 나가
평화의 벼꽃이 다시 피기를 기다릴 때다
벼꽃 향기에 한반도가 뒤덮일 때다

# 평창동 수도원

평창동 수도원에는 어수룩한 수사들만 산다
그들은 너무 어수룩해서 자기들이 어수룩한 줄도 모른다
수도원 뒷산에 사는 산새들이 아무리 어수룩하다고 일러
주어도
어수룩 어수룩 하고 지저귀며 놀려대도
그냥 산을 보고 빙긋이 웃을 뿐이다

평창동 수도원에 사는 어수룩한 수사들 중에서도
가장 어수룩한 수사는 밥 대신 비를 먹는다
북한산에 봄비가 내리면 자기가 소나무인 줄 알고
하루 종일 팔을 벌리고 빗방울을 받아먹는다
어떤 때는 어항에 키우는 물고기들이
밥을 먹지 않고 물을 먹는다고 밤새도록 울며 기도할 때
도 있다

오늘도 평창동 수도원 때문에 서울은 다 수도원이 된다
평창동 수도원에 사는 어수룩한 수사들 때문에
서울에 사는 사람들은 어리숙한 줄도 모르고
모두 어수룩한 사람이 된다

겨우내 눈이 내릴 때마다 첫눈이 내린다고 한다

# 경계선

경계선에는 경계가 없다
경계선은 아무도 지킬 수 없다
새들도 경계선을 지키지 않는다
새들은 경계선을 무심히 넘나들 뿐
경계선을 입에 물고 하늘을 날 뿐
경계선에서 경계를 허물지 못하는
인간 같은 새들은 아무도 없다

제 5 부

# 천국의 감옥

천국에도
감옥이 필요하다고
누가 천국에다
감옥을 짓고 있다

내 죽을 때에
감옥이 완공된다는
문자메시지를 받은 오늘

당신보다 내가 먼저
천국의 감옥에 갇혀
영원히 갇혀
울고 싶어도
울지는 않으리

# 면죄부

지은 죄는 없지만
면죄부를 주신다면
내 죄를 다 고백하리

절대 지은 죄는 없지만
면죄부 한장 주신다면
용서받을 수 없는
당신을 사랑하지 않은
내 평생의 죄를 다 고죄하리

엎드려 집 판 돈도 다 드리고
팔다리도 다 잘라 드리면
내 죽기 전에
지금이라도 늦지 않았으니

부디 성수를 뿌린
면죄부 한장 주세요
지은 죄는 없지만

# 부활 이후

부활 이후에도 부활이 필요하다
부활 이후에도 당신은 나를 사랑하지 않고
시든 꽃들은 다시 시들고
참회나무는 참회의 기도를 중단하고
마른 강물은 다시 마르고
죽은 별들은 다시 죽기 시작하고
나는 당신을 사랑하기도 전에
진리를 잃고 쓰러졌으므로
부활 이후에도 당신은
십자가에 다시 못 박혀야 한다
당신을 넘어 당신에게로 가기 위해서는
부활 이후에도 부활의 새벽이
찾아와야 한다

# 헌 옷

새 옷도 준비하지 못하고
헌 옷을 다 버린다
날마다 감사히 빨아 입던 모든 새 옷이
모두 헌 옷이 되었다

입을 옷이 많다고 거울 앞에서
외출할 때마다 이 옷 저 옷 입어보던 날들이
어느새 다 사라져
이제는 새 옷을 마련할 시간조차 없어
오늘은 당신과 다정히 눈인사도 나누지 못하고
마지막 버릴 헌 옷을 입은 채 지옥에 간다

나처럼 헌 옷을 버리러 온
지옥에 사는 천사가
새 옷도 얻어 입지 못하고
내가 버린 헌 옷을 들고
물끄러미 나를 바라본다

# 버스 정류장

기다려도 버스가 오지 않을 때가 좋았다
무거운 가방을 들고 길게 줄을 서서
오지 않는 버스를 기다리다가
함박눈을 맞으며 어머니가 기다리는 집에까지
눈사람이 되어 걸어갈 때가 좋았다
길 잃은 눈사람과 가난한 사랑도 나누다가
스스로 눈길이 될 수 있어서 좋았다

버스 정류장에 버스기 서지 않을 때가 좋았다
휴대폰을 들여다보며 길게 줄을 서는 것이
인생은 아니지만
이제 버스 정류장에서 차례로 줄을 서면
죽음의 승객을 싣고
버스가 금방 도착할까봐 두렵다
가야 할 길도 사라지고 집도 무너졌는데
기다리지 않는 당신이 문득 찾아올까봐 두렵다

# 시계를 볼 때마다

시계를 볼 때마다
새 한마리가 창가로 날아와 눈물을 흘린다
시계를 보지 말고 시간을 보라고
새의 인생도 시간으로 이루어져 있다고

시계를 볼 때마다 시간을 보지 않는
내가 너무 불쌍해서
새 한마리가 내 늙은 창가로 날아와
눈물을 닦아준다

그동안 내가 시간을 놓지 않고 있는 줄 알았더니
시간이 나를 놓지 않고 있었다
시간은 항상 내게 신의를 다 지켰으나
나는 시간에게 신의를 지킨 적이 없었다

다시 시계를 본다
어느새 떠나야 할 시간이다
새 한마리가 마지막 시간의 잎사귀를 입에 물고
급히 창가로 날아온다

# 막차

막차를 타는 일이 잦아졌다
기차를 타도 고속버스를 타도
늘 깊은 밤의 막차를 타고
돌아가신 어머니가 계시는
서울로 부리나케 올라가는 일이 잦아졌다

그 추운 겨울밤 눈이 그쳐도
기다리는 막차는 늘 오지 않았는데
이제는 기다리지 않아도 막차가 온다
막차를 놓치면 영원히 당신한테 갈 수 없다고
나를 태우고 계속 밤의 선로를 달린다

막차를 타면
마지막으로 사랑한다는 말을 해야 한다
보고 싶어도 다시는 볼 수 없는
차창에 어리는 그리운 얼굴들을
글썽이는 눈물로 이마를 맞대고
오랫동안 들여다봐야 한다

# 시간에게

무엇을 사랑했느냐고 묻지 마시게
누구를 사랑했느냐고 묻지 마시게
사랑할수록 무슨 할 말이 남아 있겠는가
밥이 눈물이 될 때까지 열심히 살았을 뿐
이미 길을 잃고 저만치 혼자 울고 있다네
밤이 깊어가도 해가 지지 않아
아침이 찾아와도 별이 지지 않아
혼자 기다리다가 올 때가 있었지만
무엇을 어떻게 사랑했느냐고 묻지 마시게
진실 또한 침묵 속에서 혼자 울고 있다네
무엇을 사랑하고 인생을 잃었는지
거짓 속에도 진정 사랑은 있었는지
사랑이 증오를 낳고 증오가 사랑을 낳았는지
진정한 사랑을 깨닫기 위해서는
미움과 증오가 필요하고 가치가 있었는지
묻지 마시게 부디
사랑할수록 사랑을 잃은 내가
무슨 인생의 길이 될 수 있겠는가

# 마지막 시간

내 영혼을 팝니다
천사보다 악마에게 팝니다
내가 악마를 더 닮았기 때문입니다
비싸게 받지는 않겠습니다
할인해드릴 수도 있습니다
바쁘실 텐데
천사로 살아오지 못한 나를
그래도 사 가시는 것만 해도 감사합니다
이제 곧 기게 문을 닫을 시간입니다
서둘러 찾아와주세요
내 영혼을 잘게 쪼개 팔 수도 있습니다
행여 내가 카운터에 앉아 졸고 있어도
흔들어 깨우지는 말아주세요
깊이 잠든 나를 깨워 누가
뒤돌아보지 말고 저 물살 센 강을
같이 건너가자고 할까봐 두렵습니다
내 죄는 가난이 아니라 사랑이라고
아직 아무한테도 말하지 못했는데
영혼을 팔아도 아직 돈도 받지 못했는데

강 건너 누가 손을 내밀고
그 돈을 달라고 할까봐 걱정입니다

# 삼각주에서

사람은 강물이다
일생에 단 한번 바다에 다다르기 위해
강과 바다가 만나는 곳
그 어느 하구의 쓸쓸한 삼각주에서
이별의 마지막 입맞춤을 하고 흐르다가 사라진다
누구는 더러 바다에 가 닿기도 하지만
대부분 강바닥을 드러내고 모래가 되어 사라진다
나는 고픈 배를 움켜쥐고 모래섬이 되어
모래섬에 앉은 도요새가 되어
멀리 수평선 너머로 날아가보지만
바다는 끝끝내 보이지 않고
갈대숲에 걸린 붉은 낙조의 날개만 바라본다
강물에 뜬 초승달만 가끔 바다로 갔다가
보름달이 되어 되돌아올 뿐
나는 바다에 다다라 정작 바다를 만나지 못하고
어디론가 사라진다

# 저녁 무렵

저녁 무렵 순두부백반집에 가서
신발장에 신발을 넣을 때마다
삼성서울병원 영안실 시신안치실에
슬며시 내 시신을 넣는다
치명적인 너무나 치명적인 내 시신을 넣고
어디로 멀리 골목길을 따라
나 혼자 맨발로 정신없이 돌아다니다 오면
식탁마다 둘러앉아 두부의 시신을
맛있게 먹고 있는 손님들이
모두 나를 찾아온 문상객들이다
밤이 깊어 결국
신발장의 신발을 다시 꺼내 신을 때에도
냉장 보관 해둔 내 시신을 꺼내 신는다
그 신발을 신고 먼 산길
아니 거기까지 갈 필요도 없이
서울추모공원 유족 대기실에 가서
나를 화장하는 뜨거운 불길을
모니터 화면으로 멍하니 바라본다

# 눈물의 향기

독을 품은 채 이대로 떠날 수 없다
떠나기 위해서는 독을 풀어야 한다
내 인생의 창가에 증오의 독의 씨앗이 자라
느티나무처럼 내 심장에 뿌리를 내려
도끼로 밑동부터 힘껏 잘라버렸으나
느티나무는 다시 자라
죽음의 독을 품고 내 창가에 그늘을 드리워
떠나기 위해서는 이제 해독의 시간을 맞이해야 한다
발끝까지 독이 퍼져 응급실로 실려 갈 때마나
부디 당신의 눈물을 내 심장에 떨어뜨려다오
지옥에 핀 매화 향기를 내 눈에 넣어다오
독을 독으로 해독할 수 있는 것은
오직 사랑하는 당신의 눈물의 향기뿐

# 독약

평생 독약을 손에 쥐고 길을 걸었다
결코 놓치거나 잃어버려서는 안 되는
독약을 손아귀에 꽉 쥐고
당신에게로 가는 지하철을 탔다

이 독약은 사랑의 독약이므로
언젠가 내가 먹거나 당신을 먹이리라
굳게 결심하고 독약을 지켜오는 동안
수많은 사람들이 칼로 내 목을 겨누었다

나는 평생 도망 다니기에 바빴다
독약을 먹을 시간도 장소도 기회도 없어
어느날 한강에 독약을 힘껏 던져버렸으나
내 손은 독약을 손에 꽉 쥐고 놓지 않았다

오늘 독약을 내가 먹는다
이제 죽음의 독약인들 어떠랴
사람들이 저마다 독약을 손에 쥐고
지하철역을 향해 급히 뛰고 있다

# 유다에게

내 어찌 그토록 너를 닮았느냐
나는 내 아버지의 사랑을 닮은 줄 알았더니
내 너를 닮아 배반의 새가 되어
내 어찌 진실로 고맙지 아니하랴
사랑했던 나를 배반한 이를 용서하고
믿었던 너를 배반한 나를 용서하는 것은
너의 배반의 위안 때문이 아니겠느냐
봄이 오지 않아도
너는 사라진 내 운명을 다시 불러오고
내 운명의 길가에 다시 꽃이 피게 하는구나
강물은 마르고 내 손가락 사이로
진리의 모든 모래는 다 빠져나갔으나
나의 벗 유다여
너는 가장 낮은 곳에서 인간의 바다가 되었다
너의 배반이 없었다면 세상의 모든
사랑은 완성되지 않았으므로
나 오늘 한마리 새가 되어
배반의 날개를 힘껏 펼쳐
네가 목매단 나뭇가지 끝으로 날아간다

# 유다의 유서

이제야 아침이 오지 않고 밤이 오는 까닭을 알겠습니다
당신은 사랑으로서 존재하지만 나는 배반으로서 존재합
니다
하늘을 바라보기 위해서는 허공을 버려야 하고
진리를 바라보기 위해서는 당신을 버려야 합니다
나는 당신께서 말없이 내게 무엇을 원하셨는지 잘 알고
있었습니다
배반은 당신에 대한 내 사랑의 완벽한 방법일 뿐
때로는 배반도 진리에 속합니다
내 굳이 당신의 진리의 완성을 위해 나를 버렸다고 말하
지는 않겠습니다
그렇게 될 일은 결국 그렇게 되는 것이므로
내 운명을 명예롭게 끝까지 견뎌내었을 뿐입니다
이제 모든 인생에 유다가 너무 많을 것입니다
사람마다 유다의 말을 하고 유다의 옷을 입을 것입니다
당신은 날마다 십자가에 묶여 손에 또 대못이 박힐 것입
니다
그래도 당신을 해치는 자를 가장 높이 받드는 당신은
오늘도 나를 위해 눈물을 흘리십니다

# 유다를 만난 저녁

충무로역 어느 생맥줏집 창가에서
유다와 함께 술을 마시는 저녁
재빨리 횡단보도를 건너며 찾아오는 어둠의
검은 그림자를 바라보며
나는 더이상 당신을 만나지 않기로 결심했다
팔짱을 끼고 다정히 걸어가던 사람들이
지하철역 계단 아래로 뿔뿔이 사라지고
거리에 어둠의 뿌리가 더욱 깊게 뿌리를 내려
이제 당신과 헤어질 때가 되었다고 생각했나
겨울바람이 폭풍처럼 불어오고
명동성당의 종소리가 얼어붙은 까닭은 아니었다
최후의 만찬 때
예수와 함께 짜장면을 먹을 때가 가장 행복했다고
유다가 말없이 나를 사랑하느냐고 물었을 때
나도 어머니를 배반한 적이 있다고 말한 까닭은 아니었다
눈물 같은 명동성당의 종소리가 다시 들려와도
당신의 사랑에도 결국 종말의 시간이 찾아왔을 뿐이다
왜 봄부터 까마귀가 나의 창가에서 슬피 울었는지
인생이라는 강을 건너가기 위해서는

왜 용서라는 징검다리를 딛고 건너가지 않으면 안 되는지
유다의 배반의 술잔을 받으며 알게 되었을 뿐이다

# 기적

오죽하면 석고로 만든 성모님이
눈물을 다 흘리실까
오죽하면 사람들이 그것을
기적이라고 말할까
서로 사랑하며 살아가는 게 바로 기적이라고
아버지는 늘 말씀하시는데
오죽하면 나무로 만든 성모님이
피눈물을 다 흘리실까
얼마나 내가 당신을 미워했으면
성모님 발밑에 핀 장미꽃이 시들어버릴까
얼마나 당신이 내가 죽기를 원했으면
돌로 만든 성모님이 웃으시다가
평생 울고 계실까

# 고해소 앞에서

고해소 앞에서 나는 늘 돌아서네
배고픈 개미가 되어 저 어두운 골목길로
내 마음보다 내 신발이 먼저 발길을 돌리네

기다리십시오 당신의 사랑의 불이 켜져도
들어오십시오 당신의 용서의 불이 켜져도
고해소 앞에 다다르기만 하면
나는 늘 십자가를 버리네

겨울 매미처럼 매달려 있던 나의 십자가도 버리고
아버지처럼 평생 나를 기다리던
당신의 십자가도 던져버리고
땅바닥에 주저앉아 웃다가 우네

이미 고해한 것을 다 잊었기에
무엇을 고해해야 할지 아는 순간 다 잊어버리기에
고해소 앞에서 나는 어린아이처럼
다 녹은 아이스크림만 먹고 있네

# 고해성사 안내문

명동성당 지하 고해소를 찾아올 때는
풀잎에 매달린 아침이슬을 하나씩 가져오세요
추수가 끝난 들녘의 노을을 들고 와도 좋고
상고대 핀 흰 강변을 그대로 가져와도 좋아요
무엇보다도 명동성당 지하 고해소를 찾아올 때는
먼저 은행에 들러 당신의 돈을 다 찾아
배고픈 거리에 볍씨 뿌리듯 뿌리고 오세요
쓰러진 눈사람이 일어나 돈을 주워 가면
빈손에 가득 눈사람의 눈물을 담아 오세요
당신도 인생의 눈길을 함부로 걸어
눈길에 난 당신의 발자국이 길이 되지 못했지만
명동성당 지하 고해소를 고요히 찾아올 때는
병든 아내나 노모의 손을 꼭 잡고 오세요
고해소 문 앞까지 찾아올 수는 있지만
내 문을 두드릴 수 없는 당신을 위해
나는 항상 밖으로 영원히 열려 있으므로
고해소 문을 두드릴 수는 있지만
나를 열고 들어올 수 없는 당신을 위해
나는 이미 열려 있는 당신의 영원한 문이므로

오세요 당신이 아침이슬이 되어 고해소에서
풀잎과 장난을 쳐도 좋아요

# 해미읍성 회화나무의 기도

나를 용서하지 마소서
나의 썩은 뿌리와 옹이 진 가지 끝에
눈부신 용서의 첫눈이 내리지 않게 하소서
머리채가 묶인 채 하늘 높이 매달려
몇날 며칠 대롱대롱 물 한모금 먹지 못하고
서서히 타 말라 죽어가신 당신
두 손이 묶인 채 철삿줄에 매달려
영원한 진리의 하늘을 바라보며
숨을 기두는 그 순간까지도 나를 용시해주신 딩신
이제는 결코 새잎처럼 맑은 미소로써
나를 용서하지 마소서
죄 많은 내 나뭇가지에 더이상
새 한마리 날아와 앉지 않게 하소서
발아래 뚝뚝 떨어지던 당신의
거룩한 피눈물을 먹고 자랐으면서도
참수당하는 당신의 비명을
가슴 깊이 새알처럼 품고 자랐으면서도
아직도 벼락도 맞지 않고
교수목(絞首木)으로 살아 있는 나를 용서하지 마시고

그동안 내리지 못한 함박눈은 다 내리게 하소서
피어나지 못한 꽃들은 다 피어나게 하소서

# 상처

내가 청년이었을 때 산길을 가다가
유난히 가슴이 움푹 팬 바위를 보고
바위에도 깊은 상처가 있구나
스스로 내 상처를 위로받으며
힘차게 산을 올라가곤 했으나

내가 노년이 되어 산길을 가다가
유난히 가슴이 움푹 팬 바위를 보면
하늘에도 누군가 설운 사람이 있어
그 사람이 흘리는 눈물을 저 바위가
저토록 한없이 견디며 받아내었구나
상처투성이 내 가슴을 쓸어내리며
천천히 산을 내려온다

# 입적(入寂)


혼자 조용히 울 곳을 찾아갔다
어디로 가야 할지 알 수 없었다
바다로 가는 오솔길이 나왔다
뻘배를 타고 갯벌로 나가
밀물이 들어올 때까지
꼬막이 되어 울었다

혼자 조용히 죽을 곳을 찾아갔다
바다로 가는 오솔길을 지나자
솔숲이 나왔다
숲속에는 수많은 벌레들이 기어다녔다
밤새도록 등불도 없이
울지는 않고
벌레들의 뒤를 따라갔다

# 그럼 이만 안녕

손을 흔들지는 않겠네
당신도 손을 흔들지는 마시게
나는 당신이 사다준 십자가에
평생 매달렸다 내려왔다 했다네

당신을 바라보는 것만으로도 눈물이 나고
당신을 바라보는 것만으로도
당신의 운명이 되었던 나는
늘 남이 먹다 남긴 밥을 먹으며 살아왔으니
인생은 사랑하기에도 너무 짧지만
분노하기에도 너무 짧다네

울지는 마시게
죽음보다 더 깊은 가을 산에 올라
무서리가 내리고 서릿바람이 불고
그 어디 국화 한송이 피지 않아도
강물이 깊어지면 어둠이 깊어지고
어둠이 깊어지면 이별도 깊어진다네

그럼 이만 안녕
오늘은 내가 타고 갈 장의차 하나
새들이 겨우내 먹을 열매가 발갛게 익어가는
산수유 그늘 아래로 느리게 지나간다네
나는 무덤이 없으니 부디
내 무덤 앞에서 울지는 마시게

# 장례미사

내 장례미사는 새들에게 맡겨다오
이 세상 괴로웠을 때 숲속에 누워
새들에게 종부성사를 미리 받았으므로
내 몸은 비록 썩었으나
낙엽처럼 마음은 아직 썩지 않았으므로
새들이 모여 나를 위해 기도하다가
흰 새똥이나 누고 가게 해다오
간혹 숲속의 다람쥐나 청설모나
곤줄박이 몇마리가 잠깐 다녀가는 것은 좋으나
한때 내가 사랑했던 사람들은 부디 오지 않게 해다오
나는 그들에게 언제나 꽃을 던졌으나
그들은 언제나 나에게 돌을 던졌으므로
사람은 죽으면 결국 사랑을 남긴다는데
나는 아직 아무것도 남긴 게 없으므로
나 죽은 지 몇달 만에 대모산 숲속에서
새들에게 발견되었을 때
내 장례미사는 부디 새들에게 맡겨다오

# 썰물

썰물은 도대체 인간이 싫었다
밤마다 꺼지지 않는 등댓불도
만선의 꿈을 안고
수평선 너머로 기어이 나아가는
인간의 고깃배도 싫어
다시는 돌아오지 않겠다고 맹세를 하고
멀리 바다 밖으로 달려나갔다
그래도 당신을 사랑하는 마음만은 어쩌지 못해
뒤돌아보고 또 뒤돌아보고
갯벌을 남긴 채
갯벌 곳곳에 길게 파인 발자국을 남긴 채

# 전환의 상상력, 빈자(貧者)의 기적

## 이숭원

　지금부터 십여년 전 어느 한때 도발적인 상상력, 괴팍한
비유, 강퍅한 이분법적 화법의 시가 유행처럼 번지던 시기
가 있었다. 요즘에는 그러한 소류가 가라앉고 매우 일상적
인 차원에서, 차분하면서도 깊이 있게, 세상 사람들의 이모
저모를 탐색하는 시들이 많이 나와서 우리 시의 미래에 대
해 밝은 전망을 갖게 한다. 서정의 낡은 옹벽을 뚫고 탈서정
의 활로를 모색하는 것은 자연스러운 일이지만, 새로운 형
상의 빙벽을 뚫는 쾌감을 넘어서서 자폭에 가까운 질주의
파격을 보여준 것은 궤도 이탈의 위험성을 드러냈다. 이제
서정의 새로운 길을 모색하는 시인들의 촉각이 지성과 감
성을 융합한 '오래된 미래'에 대한 관심으로 이행될 가능성
이 있다. 그런 점에서 정호승의 시는 대중에게서 멀어진 현
대시가 어떻게 대중에게 다가설 수 있는지를 보여준 선구적

사례로 제시될 만하다. 서정시가 대중에게 사랑을 받으면서도 정신의 기품을 유지하는 방안이 검출된다면, 시의 진로를 모색하는 사람들에게 새로운 가능성을 제시하는 유용한 역할을 하게 될 것이다.

한 시인의 작품에는 그 시인의 역사가 담겨 있다. 지금까지 그 시인이 세상을 살아오고 작품을 창작해온 삶의 총량이 작품에 무형의 압력을 가하고 영향력을 행사한다. 정호승의 첫 시집 『슬픔이 기쁨에게』(창비 1979)에는 맹인 부부 가수, 혼혈아, 거지 소년, 구두닦이 소년 등 사회의 소외계층이 제재로 등장한다. 그들에 대한 연민과 사랑은 그의 시 창작의 큰 흐름으로 오늘까지 이어져온다. 그는 「맹인 부부 가수」에서 "사랑할 수 없는 것을 사랑하기 위하여/용서받을 수 없는 것을 용서하기 위하여"라는 말을 했다. 사랑할 수 있는 것을 사랑하고 용서할 수 있는 것을 용서하는 것은 쉬운 일이다. 사람으로서 진정으로 실천하기 어려운 것은 '사랑할 수 없는 것을 사랑하고 용서할 수 없는 것을 용서하는' 일이다. 이것은 평생 노력해도 이행하기 어려운 사업이다.

정호승의 시의 역정을 가만히 들여다보면 그는 이 노력을 멈춘 적이 없다. 이것은 사십년 이상 지속된 그의 시의 일관된 주제이고 시 창작의 확고하고 유력한 DNA다. 어느 경우 불교적 직관의 어법을 취하기도 하고 기독교적 묵상의 어법을 보여주기도 하며 어떤 경우에는 도교적 달관의 몸짓을 보여주기도 하지만, 그의 지향점은 뚜렷하다. '사랑할 수 없

는 것을 사랑하고 용서할 수 없는 것을 용서하는' 일에 그의
에너지가 집약된다. 그는 사십년이 지나도록 고집스럽게 이
주제의 울타리를 벗어나지 않았다.

정호승의 이번 시집을 제대로 독해하기 위해서는 시인이
도모하고 있는 발상과 인식의 전환에 동참할 필요가 있다.
시집에 「새똥」이라는 제목의 시가 세편이 있고 그 외에도
여러 곳에 '새똥'이 등장한다. 시인은 왜 새똥에 관심을 가
진 것일까. 시집 첫머리에 앉힌 시 「새똥」은 일곱 시행으로
된 짧은 작품이다.


새똥이 내 눈에 들어갔다
평생 처음
내 눈을 새똥으로 맑게 씻었나
이제야 보고 싶었으나
보지 않아도 되는
인간의 풍경을 보지 않게 되었다
고맙다

—「새똥」 전문


어쩌면 이 시는 정말로 새똥이 눈에 떨어진 일에서 착상
되었을 수 있다. 새똥이 눈에 들어갔으면 눈이 시렸을 텐데
화자는 "내 눈을 새똥으로 맑게 씻었다"라고 했다. 현실에
서는 있을 수 없는 일이다. 귀엽고 예쁜 새를 사랑하는 사람

은 많아도 새똥을 사랑하는 사람은 거의 없다. 그런데 시인은 인간의 길에 새들이 똥을 누니 아름답고, 그 길을 걸음으로써 나도 아름다운 인간이 된다고 말한다. 새와 내가 동류가 되어 새는 나의 밥을 먹고 나는 새의 모이를 쪼아 먹는다고도 한다. 새똥으로 눈을 씻고 개안이 되니 세상이 새롭게 보이는 것이다. '보지 않아도 되는 인간의 풍경을 보지 않게 되어 고맙다'는 말에는 인간 현실에 대한 부정의 환멸감이 담겨 있다. 새똥이 새로운 풍경을 보여주되 추한 인간의 풍경은 가려준다는 뜻이다.

시인은 새와 자신의 교감을 추구하면서도 새는 순하고 인간은 그렇지 못하다는 이항대립 의식을 내면에 담고 있다. 그 이항대립을 해소하는 극복의 매개물이 새똥이다. 요컨대 그는 새로운 새똥 철학을 피력하고 있다. 일반인들이 전혀 사랑하지 않고 사랑할 수 없는 새똥을 그는 사랑의 대상으로 끌어들였다. 사랑할 수 없는 것을 사랑해야 한다는 젊은 날의 신념이 새똥을 대상으로 변형되어 나타난 것이다. 더나아가 시인은 "나는 당신의 해우소"라고 선언한다. 누구든지 "언제든지/내 가슴에 똥을 누고/편히 가시라"(「해우소」)고 권한다. 타인의 배설물을 전부 다 수용하는 해우소가 되고 싶다는 것이다. 이 말을 믿어도 좋을까? 이런 유형의 화법이 여러번 반복되기 때문에 그것이 시인의 의지이고 신념이라는 사실을 알 수 있다. 이 시집의 시편을 전부 흡입하면 우리도 해우소가 되어 새똥으로 얼굴을 맑게 씻는 상상을 할 수 있을지 모른다.

정호승의 시에서 자연은 사람과 대등한 차원을 넘어서서 사람을 자기편으로 끌어들이는 능동적인 작용을 한다. 개미가 사람의 길동무로 먼저 나서고 새가 사람의 스승으로 앞장을 선다. 나무는 사람을 아끼고 보살피는 애인이 되고 때로는 어머니가 된다. 흥미로운 것은 그의 상상이 앞의 새똥의 경우처럼 일상의 친근한 상식을 배반한다는 점이다. 예를 들어 먼지가 흙으로 가라앉는다는 생각은 할 수 있지만 먼지가 밥이 된다는 생각은 하기 어렵다. 그런데 시인은 친근한 사유를 어기고 먼지가 밥이 되는 상황을 꿈꾼다.

먼지는 흙이 되는 것이 꿈이다
봄의 흙이 되어 보리빛이 되거나
구근이 잠든 화분의 흙이 되어
한송이 수선화를 피워 올리는 것이 꿈이다
먼지는 비록 끝없이 지하철을 떠돈다 할지라도
내려앉아
더 낮은 데까지 내려앉아
지하철을 탄 사람들의 밥이 되는 것이 꿈이다
공복의 출근길에 승객들 틈에 끼여
먼지가 밥이 되는 세상을 만드는 것이 꿈이다
　　　　　　　　　　　　　　　　──「먼지의 꿈」 전문

먼지는 사람들의 기피 대상이다. 정부는 미세먼지와의 싸움을 벌인다고 한다. 그런데 정호승의 먼지는 사람의 벗이 되는 꿈을 갖고 있다. 세상의 모든 먼지가 가라앉아 흙이 된다면, 그리하여 보리를 자라게 하고 수선화를 피워 올린다면 그것은 참으로 좋은 일이다. 그러면 지하철에 떠도는 먼지도 그런 일을 할 수 있을까? 그 먼지는 가장 낮은 곳으로 가라앉아 지하철을 탄 사람들의 밥이 될 것을 꿈꾼다. 사람들의 밥이 되려면 어찌해야 하는가? 가장 낮은 곳으로 내려가 먼지 중의 낮은 먼지가 되어 사람들에게 밟히고 발길에 묻혀 사라져야 한다. 먼지의 먼지마저도 없어져야 밥으로 새롭게 태어날 것이다.

이 꿈은 현실에서 실현되기 어렵다. 새똥으로 눈을 맑게 씻는 일이 불가능하고 내가 해우소가 되어 모든 사람의 똥을 받아내는 일이 불가능한 것과 마찬가지다. 이 꿈을 이루려면 발상의 전환을 해야 한다. 더러운 새똥을 인공눈물보다 청정한 것으로 바꾸는 생각의 전환, 가장 비천한 먼지가 우리들의 공복을 채워주는 밥이 되는 발상의 전환을 해야 한다. 그러한 전환을 해야 우리의 살 길이 뚫린다는 것이다. 시인은 우리가 사는 세상이 비루하다거나 황폐하다는 말을 하지 않는다. 그러나 그가 지속적으로 상식을 배반하는 발상의 전환을 감행하는 이유는 우리의 삶이 사실은 비속과 아집으로 가득 차 있다는 인식 때문이다. 빈자의 가난에 관심을 갖지 않는 비정한 세상에 대한 환멸이 다음과 같은 꿈을 만들어냈을 것이다.

　　봄비가 내린다
　　리어카에 종이 박스를 가득 싣고
　　굽은 허리를 더 굽히고
　　낡은 도시 변두리
　　재개발 지역 골목의 언덕길을
　　할머니 한분
　　느릿느릿 달팽이처럼 기어오른다
　　낡은 리어카를 끌고
　　봄비가 그칠 때까지
　　이웃들이 이사 간 텅 빈 집
　　처마 밑에 납작하게 홀로 앉아
　　비 젖은 종이 박스를 찢어
　　맛있게 잡수신다

　　　　　　　　　　　　　　　—「달팽이」 전문

　　정호승 시인은 '달팽이'라는 제목으로 여러편의 시를 썼
다. 가난하고 소외된 상태에서도 순수하고 평화롭게 살아가
는 사람들을 달팽이나 개미로 표현했다. 그들은 연약하고
순수하기 때문에 달팽이처럼 남의 발길에 쉽게 밟힌다. 이
시에서는 폐지를 모아 어렵게 사는 할머니를 달팽이로 보았
다. 할머니가 사는 지역은 도시 변두리의 재개발 지역이고

174

이웃 사람들은 이미 이사를 가서 동네가 텅 비어 있다. 아직 이곳을 떠나지 않은 할머니는 낡은 리어카에 종이 박스를 가득 싣고 언덕을 오른다. 봄비가 내려 종이가 젖으니 어느 빈집 처마 밑에 들어가 비를 피한다.

여기까지는 누구나 볼 수 있고 또 생각할 수 있는 장면이다. 이 작품을 정호승의 시로 만드는 것은 마지막 시행이다. 할머니가 "처마 밑에 홀로 납작하게 앉아/비 젖은 종이 박스를 찢어" 요기를 하신다고 했다. 그것도 "맛있게 잡수신다"라고 했다. 새똥으로 눈을 맑게 씻고 내가 모든 사람의 똥을 받아내는 일이 가능해지면 젖은 종이 박스를 뜯어 맛있게 먹는 일도 가능할지 모른다. 시인은 이런 독특한 상상을 했다. 이 상상은 생의 막바지에 이른 가난한 할머니가 무엇으로 연명을 하는지 관심 한번 가진 적이 있느냐고 우리에게 물음을 던지는 것 같다. 아무것도 없는 그 할머니에게 젖은 종이 박스가 좋은 식량이 될 수 있겠다는 생각은 삶의 의미가 무엇이고 생존의 근거가 무엇인지를 반성케 한다. 정호승의 시는 분명 이러한 반성적 질문의 기능을 갖고 있다. 가난한 할머니가 젖은 종이 박스를 맛있게 잡수시는 빈자의 기적이 어떠한 함의를 지니는지 우리는 진지하게 성찰해보아야 할 것이다.

이와 유사한 발상을 보여주는 시가 「평창동 수도원」이다. 평창동에 어떤 수도원이 있는지 나는 알지 못한다. 그러나 그 지명은 별 의미가 없고 수도원의 풍경과 정황이 의미가 있다. 그곳의 수사들은 어수룩해서 산새들이 어수룩하다고 놀려도 먼 산을 보고 웃을 뿐이다. 그들 중 가장 어수룩한 수사는 앞의 할머니처럼 밥 대신 비를 먹는다. 봄비가 내리면 자신이 소나무라도 된 듯 하루 종일 팔을 벌리고 빗방울을 받아먹는다. 자신이 그런 처지이면서 어항의 물고기들이 밥을 먹지 않고 물만 먹는다고 밤새 울며 기도한다. 이런 수사들은 현실에 존재하지 않는다. 굳이 세속의 기준으로 말하면 현실에 적응하기 힘든 몽상가들이라고 말할 수 있을 것이다. 그러나 시인의 생각은 다르다. 이 수사들이 있기 때문에 서울 전역이 다 수도원이 되고 서울 사람들도 다 어수룩한 바보, 거꾸로 말하면 순수한 사람이 된다는 것이다.

그러면 이렇게 어수룩한 사람이 되는 것은 쉬운 일인가? 새똥으로 눈을 맑게 씻고 내가 해우소가 되어 모든 사람의 똥을 받아낸다고 상상하는 일이 어려운 것과 마찬가지로 어수룩한 사람의 처지를 생각하고 그 행동을 순수함의 뿌리로 받아들이는 것은 어려운 일이다. 그런 생각을 실행하려면 수행이 필요하다. 그것도 보통 이상의 수행이 필요하다. 다음 시는 그 수행의 단계가 어떤 경지에 이르렀는지를 짐작게 한다.

새벽별 중에서
가장 맑고 밝은 별은
내가 사랑하는 사람이다

새벽별 중에서
가장 어둡고 슬픈 별은
나를 사랑하는 사람이다

                 —「새벽별」전문

   내가 사랑하는 사람이 가장 맑고 밝은 존재라는 것은 누구든 생각할 수 있는 내용이다. 그러나 나를 사랑하는 사람이 가장 어둡고 슬픈 존재라는 생각은 자신의 위상을 완전히 부정했을 때 나올 수 있는 발상이다. 새똥으로 얼굴을 씻고 다른 사람의 똥을 자신의 몸으로 받아내고 밥 대신 빗방울을 받아먹거나 것은 종이 바스를 뜯어 먹는 사람을 사랑하는 사람은 어둡고 슬픈 존재일 수밖에 없다. 그들은 스스로 세상에서 소외되어 먼지가 되기를 택한 존재다. 빈자의 벗이 되기를 자처한 사람이다. 그러면서도 그들은 정신적으로 가장 밝고 맑은 상태를 추구하는 것을 포기하지 않는다. 이러한 삶을 실천하고 추구하는 사람을 우리는 구도자라고 한다. 정호승 시인은 구도자의 길에 서서 진리를 추구하고자 한다. 그는 성지를 찾아 순례하는 수행자처럼 절대적 진리와의 만남을 갈구한다.

진리의 붓으로
자비의 먹물을 찍어

내 어두운 욕망의 눈동자에

점안해주세요

점안의 불빛을 비추어주세요

떠나기 전에 단 한번이라도

당신을 우러러보고 싶었으나

아직 눈을 못 떴습니다

심안(心眼)은커녕

평생 눈을 못 뜨고 살았습니다

죽기 전에 마지막으로

점안해주세요

점안의 등불을 환히 밝혀 들고

단 한번이라도 당신을 뵙고

실컷 울고 나서

영원히 지옥으로 가겠습니다

　　　　　　　　　　　　　　　──「점안(點眼)」전문


　순례의 끝판에 선 수행자가 세상을 하직하기 전 점안의
염원을 올리는 장면을 설정하여 구성한 시다. 시의 화자는
세상을 떠나기 전에 단 한번만이라도 '당신'을 우러러보고
싶다고 말한다. 점안이란 당신을 제대로 볼 수 있는 눈이 뜨
이는 상태다. 우리들은 눈을 뜨고 있지만 세상의 실체와 진
리를 제대로 보지 못한다. 화자의 염원은 간절하여 당신의
모습을 보면 지옥으로 가더라도 미련이 없을 것이라고 말한

다. 당신을 만나는 것이 세상을 잘 사는 것보다 더 중요하다고 생각하기 때문이다. 그러면 당신은 누구인가? 당신이 누구인지를 말하기 위해서는 당신을 만나야 그 대답이 가능할 텐데 당신을 만나지 못했으니 당신에 대해 무어라 말할 수 없다. 시의 문맥으로 보면 당신은 진리와 자비로 응결된 절대적 존재이고, 자신의 생애를 다해 반드시 추구해야 할 구도의 목표다.

「당신을 찾아서」에도 구도의 간절함이 나타난다. "만나고 싶었으나 평생 만날 수 없었던/당신을 향해" 구도의 길을 걷다가 옛 선지자들처럼 길가에 쓰러진다. 계절은 어김없이 바뀌어 봄은 오고 꽃은 피는데 당신은 만날 수가 없다. 다시 세월이 가도 당신을 만날 수 없으리라는 예감에 화자는 불안해진다. 자신이 들고 다니던 머리를 땅바닥에 그대로 두고 당신이 계신 강가에 이르지 못하고 그만 쓰러져 영원한 잠에 든다. 진리와의 만남을 갈구했으나 뜻을 이루지 못하고 자신의 머리를 땅에 둔 채 죽음을 맞이하는 가련한 종말을 예상해본 것이다. 그만큼 절대적 진리의 상징인 당신을 만나고자 하는 열망은 뜨겁다. 얼음이 얼어붙은 차가운 겨울 강 앞에서도 그의 의지는 뚜렷하다. "살얼음이 언 겨울 강에 빠져 늘 허우적거리며 살아온 나는/내 평생의 눈물이 얼어붙은/저 겨울 강을 지금 건너가야 한다"(「겨울 강에게」)고 말한다. 절대 추구의 신념과 의지는 생의 막바지에 이를수록 강해진다.

이러한 강인한 의지를 피력하다가도 죽음의 장면에 이르면 그의 모습은 새처럼 연약해지고 겸허해진다. 사랑할 수 없는 것을 사랑해야 한다는 그의 염원이 약하기 그지없는 꼬막과 벌레들을 끌어와 다시 빈자의 기적을 일으킨다.

　　혼자 조용히 울 곳을 찾아갔다
　　어디로 가야 할지 알 수 없었다
　　바다로 가는 오솔길이 나왔다
　　뗏배를 타고 갯벌로 나가
　　밀물이 들어올 때까지
　　꼬막이 되어 울었다

　　혼자 조용히 죽을 곳을 찾아갔다
　　바다로 가는 오솔길을 지나자
　　솔숲이 나왔다
　　숲속에는 수많은 벌레들이 기어다녔다
　　밤새도록 등불도 없이
　　울지는 않고
　　벌레들의 뒤를 따라갔다
　　　　　　　　　　　　　　　—「입적(入寂)」 전문

생의 막바지에 이르러 혼자 조용히 울 곳을 찾고 혼자 조용히 죽을 곳을 찾는 사람은 가장 낮은 곳에 이른 빈자다. 그는 지하철에 떠도는 먼지와 같은 존재다. 시인은 그 먼지도 가장 낮은 곳에 이르러 흙이 되기를 꿈꾼 사람이다. 이번에 그는 뻘밭의 꼬막과 숲속의 벌레를 꿈꾼다. 바닥의 바닥, 가장 낮은 곳에 이르면 먼지나 꼬막이나 벌레나 차이가 없다. 그 모두가 새똥을 받을 수 있는 존재다. 나의 눈을 시원히 씻겨주고 내 길을 아름답게 만들어줄 존재다. 바다의 끝판, 숲속의 끝판에 가면 꼬막을 만나고 벌레를 만날 텐데 그 가난하고 약한 존재들이 절대적 존재인 당신을 내게 이끌어줄지 모른다. 구도와 순례의 도정 어디에서도 찾지 못했던 당신을 꼬막과 벌레가 안내하여 당신과의 만남을 가능하게 할지 모른다. 내가 꼬막이나 벌레가 되고 달팽이나 개미가 될 때 비로소 당신을 볼 수 있는 것인지 모른다.

시인의 상상의 세계 속에서 가난한 할머니가 비에 젖은 종이 박스를 맛있게 잡수실 때, 먼지가 가장 낮은 곳에 이르러 만물을 키우는 흙이 되고 우리들의 밥이 될 때, 당신의 모습을 볼 수 있을 것이다. 우리가 진정한 의미의 빈자가 되어야 절대적 존재인 당신을 만날 수 있다. 이것이 빈자의 기적이다. 많은 시를 통해 시인이 말하고자 한 것이 바로 이 빈자의 기적이다. 빈자의 기적을 제대로 이해하고 그것을 목표로 수행하려면 발상의 전환을 꾀해야 한다. 사랑할 수 없는 것을 사랑하고 용서받을 수 없는 것을 용서할 수 있는 발상의 전환. 그 고비를 넘어서야 비로소 당신을 만나고 축복을 얻는 기적을 이룰 수 있다. 그것이 바로 이 비루한 세상을 넘어서서 맑고 밝은 세상으로 갈 수 있는 동력이다. 이 세상의 한정된 삶에 머물지 않고 우리가 영원을 꿈꾼다면, 당신과의 만남을 기도한다면, 발상의 전환을 동력으로 삼아 빈자의 기적을 일구어야 한다. 그것을 우리의 꿈으로 삼자고, 달팽이의 음성으로 벌레의 음성으로, 시인은 되풀이하여 노래한다.

李崇源 | 문학평론가

신작 시집으로는 열세번째, '창비시선'으로는 열번째 시집을 낸다. 이십대 때 첫 시집『슬픔이 기쁨에게』를 낼 때 이렇게 창비에서 열권의 시집을 내게 될 줄은 정말 몰랐다. 창비에게 아들의 심정으로 감사의 마음을 올린다.

그러고 보니 창비에서 열권의 시집을 내는 동안 이십대였던 나는 이제 칠십대가 되었다. 오랜 질곡의 세월을 살아오는 동안 그래도 시인으로서의 삶을 살 수 있게 해준 시와 나 자신과 독자에게도 감사하는 마음 크다. 그런 의미에서 이번 시집은 이제 일흔이 된 시인으로서의 나 자신을 스스로 기념하는 의미 또한 없지 않다.

나는 지금까지 시를 통해 인간으로서 가치 있는 삶을 살려고 노력해왔으나 과연 가치 있는 삶을 살았는지 알 수가 없다. 그러나 내 시를 필요로 하고 영혼의 양식으로 삼는 사람이 단 한 사람이라도 있을 것이라는 믿음을 버린 적은 없다.

이 시집은 불가해한 인간과 인생을 이해할 수 있는 두가지 요소, 즉 사랑과 고통의 본질을 이해하고자 노력하는 과

정 속에서 쓰인 시집이다. 이번 시집을 준비하는 동안 "사랑 없는 고통은 있어도 고통 없는 사랑은 없다"는 김수환 추기경님의 말씀을 내내 잊지 않았다. 비록 설화이지만 참수당한 자신의 머리를 두 손에 들고 걸어간 생드니 성인의 사랑과 고통 또한 잊지 않았다.

이 시집에 실린 시 1백25편 중 1백여편은 미발표 신작시임을 밝혀둔다. 다시 시를 쓸 수 있을지 못내 두려워 그동안 쓴 시를 한꺼번에 묶었다.

돌아가신 부모님에게, 나의 또다른 나인 아내에게, 무엇보다도 나의 당신인 절대자에게 이 시집을 바친다.

2020년 1월
정호승